4.《十二只野天鹅》中王子们是通过什么方式获救的?(　　)

A.处死小公主。

B.让小公主嫁给隔壁的国王。

C.小公主通过采摘野棉花草织成布来做成衣服和帽子给十二只野天鹅。

D.让王后真心忏悔。

5.下列不属于欧洲民间故事的是(　　)

A.《灰姑娘》　　B.《愚公移山》

C.《仙女》　　D.《小拇指》

二、填空题

1.在和姐姐给父亲送饭的过程中,小弟弟不幸变成了一头长金角的小牛,妇人和独眼女儿陷害金角小牛的姐姐后被王子识破,最终王子请来一位仙女,仙女把那头可爱的金角小牛变回了一个英俊潇洒的阳光少年。这个故事是__________________。

2.这时,一个叫"丑奴隶"的仆人来井边打水。她看见了这个小姑娘,便感慨道:"她怎么长得这么精致、这么美丽,而我却长得这么粗糙、这么丑陋呢?"她越说越生气,气急之下竟把小姑娘扔到了井里。这段话运用了__________________描写。

3.灰姑娘在教母的帮助下去了舞会,得到了王子的倾慕,在魔法即将失效的时候,灰姑娘匆匆离场,掉落了一只玻璃舞鞋。王子宣布__________________。最后王子如愿找到了灰姑娘,并和她结婚了。

4.__________________成功造出了水陆两用船。

5.举例说出几个欧洲民间故事:__________、__________、__________。

三、阅读题

阅读下面的短文，回答问题。

小红帽

从前有一个乡下小姑娘，谁也没有她漂亮可爱，大家都喊她小红帽。有一天，她的妈妈做了些糕饼，对她说：“小红帽，去看看姥姥，因为有人说她病了。拿这糕饼和这小罐黄油去送给她。”小红帽立刻向她姥姥家里走去，姥姥住在另一个村庄里。

在经过一座树林时，她遇见了一只狡猾的大灰狼，大灰狼很想吃小红帽。可是他不敢，因为在树林里有几个樵夫。他问她到哪儿去。小红帽说：“我去看望我的姥姥，带给她糕饼和一小罐黄油，这是我妈妈送她的。”“你姥姥住得很远吗？”狼问她。“哦，是的，”小红帽说，“你看，一直往那边，磨坊的那边，在村里的第一所房子里。”“很好！”狼说，“我也要去看望你姥姥，我从这条路走，你从那条路走，我们看看到底谁先到。”

狼赶紧从那条最短的路奔跑过去，小红帽却从那条最长的路走过去，她一边采着栗子玩，一边追赶着蝴蝶，用她所摘到的小花儿编成花束。狼不久就到了姥姥的屋子前，他敲着门：笃，笃，笃。

“谁呀？”外婆问。“是你的外孙女，小红帽，”狼学着小红帽的声音说，“带着糕饼和一小罐黄油来给你，是我妈妈送你的。”那善良的姥姥因为有点不舒服，睡在床上，对他说：“拔了小栓子，门闩便下来了。”

狼拔了小栓子，门便开了。他扑向那善良的妇人，把她吃得干干净净，因为他已经有三天多没有吃东西了。随后他便把门关上，睡在姥姥的床上，等候小红帽到来。过了一会儿，小红帽便来敲门了：笃，笃，笃。

“谁呀？”小红帽听到了狼的粗大的声音，起初很害怕，不过她以为姥姥伤风了，就回答：“是你的外孙女，小红帽，带着糕饼和一小罐黄油来给你，是我妈妈送给你的。”

狼把声音压低些对她说:“拔了小栓子,门闩便下来了。”小红帽拔了小栓子,门便开了。那狼看见她进来,就躲在床上的被子底下对她说:“把糕饼和那小罐黄油放在面包箱上,然后来和我同睡吧。”小红帽脱了衣裳,爬上床去。她感到很奇怪,为什么姥姥脱了衣服是这个样子的? 她对他说:

“姥姥,你的胳膊有这样大! ”

“这样,抱起你来格外方便些,我的外孙女! ”

“姥姥,你的腿有这样大! ”

“这样,跑起路来格外方便些,我的孩子! ”

“姥姥,你的眼睛有这样大! ”

“这样,看起你来格外方便些,我的孩子! ”

“姥姥,你的耳朵有这样大! ”

“这样,听起声音来格外方便些,我的孩子! ”

“姥姥,你的牙齿有这样大! ”

“这样,才可以吃你呀! ”

凶狠的狼说了这句话,就向小红帽扑去,想把她吃掉。正在这时,跑进来几个樵夫,把狼砍死了,小红帽得救了。

1.小红帽要去给生病的姥姥送什么?

2.请简单概括这篇短文的主要内容,不超过150字。

3.请你分别说出小红帽的两个优缺点。

模拟训练

一、选择题

1.下列不属于欧洲民间故事的一项是（　）

A.《狐狸失策》　　B.《灰姑娘》

C.《马莲花》　　D.《贝琳达与丑妖怪》

2.下列有关欧洲民间故事的说法，错误的是（　）

A.《灰姑娘》中，最后灰姑娘的大姐和王子结婚并过上了幸福快乐的生活。

B.《聪明的小牧羊人》中，巴格琳娜是被“丑奴隶”推到了水井中。

C.《卷毛角吕盖》的主人公因为姓吕盖，并且他出生时头上生着一小撮突起的头发，像一个鸡冠，所以大家称他为卷毛角吕盖。

D.《林中睡美人》中的公主虽然经历了很多磨难，但最终还是收获了属于自己的幸福。

3.下列有关欧洲民间故事的说法中，正确的是（　）

A.欧洲民间故事所包含的主角既可以是动物也可以是人类。

B.《女娲补天》和《仙女》都属于欧洲民间故事。

C.欧洲民间故事远离生活本身，不切实际毫无根据。

D.欧洲民间故事描写手法单一，只有语言描写和场景描写。

4.下列欧洲民间故事中，哪则故事主人公的性别是男性？（　）

A.《天上的星星》　　B.《卡耐罗拉》

C.《小红帽》　　D.《灰姑娘》

5.下列对《贝琳达与丑妖怪》描述有误的一项是（　）

A.《贝琳达与丑妖怪》又叫作《美女与野兽》。

B.当妖怪第一次向贝琳达求婚的时候，贝琳达就同意了。

C.贝琳达的父亲是在丑妖怪的宫殿中为小女儿摘的玫瑰花。

D.贝琳达的两位姐姐恶有恶报，最后变成了石像。

二、判断对错

1.《黛羽公主》属于欧洲民间故事。　（　）

2.《灰姑娘》和《小红帽》在全世界广为流传，有许多不同的版本。（　）

3.灰姑娘去了舞会。　（　）

4.欧洲神话故事就是欧洲民间故事。　（　）

5.《水陆两用船》不属于欧洲民间故事。　（　）

三、阅读题

阅读下面的故事，回答问题。

从前有一位寡妇，她有两个女儿：大女儿的脾气和容貌与母亲很像，她们两人都叫人讨厌，而且又很傲慢，别人简直不能和她们在一起生活。小女儿却待人忠厚，性格正直，跟她父亲一模一样，她是别人从来没有见过的最美丽的姑娘。

母亲溺爱大女儿，对于小女儿却很反感。她总是叫小女儿在厨房里做饭，又叫她不停地干活。此外，这可怜的小女孩每天还要到半法里外去汲两次水，并且每次都要把水罐汲得满满的。

有一天，她在泉边汲水，有一个可怜的女人来向她讨水喝。

“好，我的好大娘，”这美丽的姑娘说了，立刻把水罐洗了洗，从那泉中最好的地方汲起水来递给她，还帮她托着水罐，让她喝起来更方便一点。那女人喝了水后，对姑娘说：“你是这样美丽，这样善良，这样诚实，使我禁不住要送你一份礼物了。”那乡下女人原来是一位仙女的化身，她是来看这女孩到底有多么诚实。“我要送你一件礼物，”仙女接下去说，“就是你每说一句话，你的嘴里就会吐出一朵花儿，或是一块宝石。”

小女孩回到家中，她的母亲责备她回来得晚。但小女儿说话的时候，她的嘴里吐出两朵玫瑰花、两颗珍珠、两颗大金刚钻。“咦，我看见什么了？”那母亲惊奇地说，“我想这是从你嘴里吐出来的珍珠和宝石吧，我的女儿？”这是她第一次叫她女儿。

那可怜的女孩老老实实地把经过讲给她听，一面说，一面又吐出无数的宝石来。

“真的，”母亲说，“我应该叫大女儿也到那儿去。哦，芳琼，你看看你妹妹说话时吐出来的东西。你有了这样的礼物，可不就快活了吗？你也到泉边去汲水，有穷苦的女人向你讨水喝时，你只要老老实实给她喝就是了。”“谁高兴到泉边去！”那粗鲁的大女儿说。“我要你去，”母亲说，“立刻就去！”

她只好前去，可是嘴里抱怨个不停。她拿的是家里最美的银瓶。她到泉边不久，就看见一位穿着华丽的贵妇从林子里出来，向她讨水喝。这就是在她妹妹面前出现过的那位仙女，可是她现在化作一位公主，来看看这姑娘到底坏到什么程度。“我到这里来可不是打水给你喝的！”这傲慢愚蠢的人说，“我拿了一个银瓶来，是专为打水给贵妇喝的吗？算了吧，你要喝就喝吧。”“你一点儿礼貌也没有，”仙女说，但是她没有生气，“好！既然你不诚恳，我要送你一件礼物，那就是你每说一句话，你的嘴里就吐出一条蛇或是一只癞蛤蟆来。”

她的母亲看见她，就向她喊道：“哦，我的女儿！”“哦，我的妈妈！”这愚蠢的人回答，嘴里吐出两条大蛇和两只癞蛤蟆来。“天啊，”母亲喊起来，“我看见的是什么呀？这全是你妹妹的缘故！我要她赔偿。”说着就去打小女儿。

那可怜的孩子逃到一个邻近的树林中。恰巧有一位王子打猎回来，遇见了她，看见她这样美丽，就问她为什么独自一个人在那儿，为什么这样哭？“唉，先生，因为我母亲把我从家里赶出来了。”

王子看见她嘴里吐出四五颗珍珠和许多宝石，就请她告诉他，这些东西是从哪里来的。她把她的奇遇讲给他听。王子爱上了她，而且他想，和别人结婚时，所有的东西都比不上她的礼物，于是他就带她到父亲的王宫里，和她结婚了。

可是她的姐姐却使人非常厌恶，连她亲生的母亲也把她撵了出去。那个坏女人跑了许多地方，没有一个人愿意收留她，她最终死在树林的角落里了。

1.请结合短文思考，为什么大女儿和小女儿都遇到了仙女但遭遇却完全不同？

2.请你为这篇短文起一个题目并说明理由。

自我测试

一、选择题

1.在《小红帽》这篇故事中,(　　)被大灰狼残忍地吃掉了。

A.小红帽　　　　　　B.小红帽的姥姥

C.猎人　　　　　　　D.姐姐

2.下列关于《爱父亲如盐》说法正确的是(　　)

A.父亲听小女儿说爱他像爱盐一样,想要处死她。

B.王子从父亲的手中救了小女儿。

C.小女儿最后死于非命。

D.小女儿的母亲将小女儿藏在了衣柜里。

3.下列对欧洲民间故事的说法,正确的是(　　)

A.狐狸列那偷了主人家的奶酪。

B.《爱父亲如盐》中,吉佐拉的父亲误解了吉佐拉,下令将她贬为平民。

C.从《小拇指》中我们得知,每次遇到危险时我们要听天由命,任由处置。

D.《小红帽》中,最后是樵夫救了小红帽。

4.下列说法中,错误的是(　　)

A.卡耐罗拉和埃米里奥是兄弟。

B.灰姑娘使用的魔法有时间限制。

C.《仙女》讲的是一位心地善良的女孩变成仙女的故事。

D.长金角的小牛最终变回了人类。

二、填空题

1.《火炉里的罗西娜》运用____________、____________等描写方法,塑造了罗西娜和阿苏达两个极具特色的角色。

2.《林中睡美人》中王子成功进入了布满荆棘的宫殿,这得益于他性格中的____________、____________特点。

3.《水陆两用船》中,相比两个哥哥而言,男孩不是实力最强的,但他却成功地造出了水陆两用船。这得益于他性格中____________的品质。

三、简答题

1.《水陆两用船》告诉了我们什么道理?

2.从《仙女》的故事里,我们能学到什么?

四、阅读题

阅读下面的故事,回答下列问题。

突然不知从哪里来了八头狼,七头灰色的,一头白色的,他们朝着草堆走过来。

山羊和绵羊害怕极了,发出了咩咩的叫声,可是灰额猫说了这样一段话:

“嘿嘿！白狼大王啊！您别惹我们的大哥生气了。他如果气到了极点，我们都会遭殃。您看见他那把胡子了吗？那里面全是力气呢，他打野兽就用那把胡子，他的角就是用来剥皮的。您还是恭恭敬敬地去求求他，就说，你们想和躺在草堆下面的那个小弟弟玩一玩，比比力气。”

狼向猫鞠了个躬，围住了熊，上前挑衅。熊气鼓鼓地睁开了眼睛，一手抓起一头狼！群狼吓了一跳，赶紧挣脱身体，夹着尾巴逃走了。

山羊和绵羊趁机抓起小猫，快速跑进了树林，没想到在路上又碰到了那些狼。

小猫利落地爬到树上，山羊跟绵羊用脚钩住树枝，挂在树上。狼站在树下，牙齿磨得咯咯作响，准备吃掉他们。

灰额猫见事情不妙，一边用树上的果子砸那些狼，一边说：

“这有三只狼！都给哥哥们吧。我刚刚才吃了两只，还饱着呢！大哥，既然你没捉到熊，就拿这几只狼凑合一顿吧！”

他话才说完，山羊就松开脚，把羊角对准了狼倒栽下来。猫就在旁边嚷道：

“快捉住他们，拿住他们，不要让他们跑了！”

狼心里十分害怕，头也不回地撒腿就跑。于是，山羊、绵羊和灰额猫终于化险为夷，全都逃走了。

1.结合文章选段，分析并举例说明灰额猫的性格特征。

2.“他话才说完，山羊就松开脚，把羊角对准了狼倒栽下来。”这句话运用了什么描写方法，突出了山羊和灰额猫的什么特点？

参考答案

真题前线

一、选择题

1.A　2.D　3.C　4.C　5.B

二、填空题

1.《长金角的小牛》

2.语言、动作

3.谁能穿上玻璃舞鞋,谁就是他的王后

4.小儿子

5.《灰姑娘》《卡耐罗拉》《小红帽》

三、阅读题

1.糕饼和黄油

2.小红帽的妈妈让小红帽给生病的姥姥送糕饼和黄油,小红帽在路上遇到了大灰狼,告诉了他姥姥住在哪里,大灰狼和小红帽打赌谁能更快到姥姥家。大灰狼抄了近路先到了姥姥家,吃掉了姥姥。小红帽到了姥姥家,在大灰狼正准备吃她的时候,樵夫跑进来把狼砍死了。

3.优点:善良、天真

缺点:大意、没有危险意识

模拟训练

一、选择题

1.C　　2.A　　3.A　　4.B　　5.B

二、判断题

1.×　　2.√　　3.√　　4.×　　5.×

三、阅读题

1.小女儿心性善良，遇到仙女扮的穷苦妇人的时候，非常细心地帮她擦好了瓶子，还取了最好的水，仙女看到她如此诚实善良就奖励了她。相反，大女儿遇到了扮成公主的仙女，大女儿以为她不是妈妈告诉她的那个仙女，态度特别差，出言不逊，仙女就惩罚了她。

2.《仙女》，因为大女儿和小女儿都是因为仙女而改变了命运，得到了应有的奖励或惩罚。（答案不唯一，合理即可。）

自我测试

一、选择题

1.B　2.A　3.D　4.C

二、填空题

1.语言、动作

2.坚强、勇敢

3.真诚

三、简答题

1.《水陆两用船》中，大儿子和二儿子都是因为没有说实话所以没有得到水陆两用船，但小儿子却因为诚实，最终得到了水陆两用船，娶到了公主。这告诉我们，做人要真诚待人，不要撒谎。

2.《仙女》中，大女儿和小女儿因为不同的性格获得了不同的人生，这告诉我们做人要像小女儿一样忠厚正直，保持善良，不可以像大女儿一样目中无人。

四、阅读题

1.灰额猫机智聪明、临危不惧，在危机时刻能够利用自己的聪明才智帮助伙伴逃离危险。当狼来了的时候，山羊和绵羊都害怕极了，只有灰额猫淡定地通过语言的智慧利用熊赶走了狼；在逃跑路上遇见狼的时候，灰额猫依然通过语言的智慧与山羊默契配合吓走了狼。

2.这句话运用了动作描写。灰额猫吓唬过几只狼之后，山羊十分默契地配合灰额猫攻击狼，突出了灰额猫和山羊配合默契，团结一心共同击退敌人的特点。

2023050415

导读版

欧洲民间故事

含 章 编译

中国大百科全书出版社 知识出版社

图书在版编目（CIP）数据

欧洲民间故事：导读版 / 含章编译 .-- 北京 : 知识出版社，2021.5

ISBN 978-7-5215-0355-5

Ⅰ . ①欧… Ⅱ . ①含… Ⅲ . ①民间故事 – 作品集 – 欧洲 Ⅳ . ① I507.3

中国版本图书馆 CIP 数据核字（2021）第 066507 号

欧洲民间故事：导读版

含章　编译

出 版 人　姜钦云
丛书策划　李默耘
图书统筹　李现刚　王云霞
责任编辑　王云霞
责任印制　李宝丰
出版发行　知识出版社
地　　址　北京市西城区阜成门北大街 17 号
邮　　编　100037
网　　址　http://www.ecph.com.cn
电　　话　010-88390659
印　　刷　德富泰（唐山）印务有限公司
开　　本　710 毫米 ×1000 毫米　1/16
字　　数　165 千字
印　　张　12.75
版　　次　2021 年 5 月第 1 版
印　　次　2023 年 5 月第 9 次印刷
书　　号　ISBN 978-7-5215-0355-5
定　　价　22.00 元

本书资料卡

一、欧洲民间故事的特点

我们常常说，一方水土养一方人。同样，一方水土也能养一方文化。由于独特的传统文化和地域文明，欧洲民间故事具有鲜明的欧洲特色，主要包括以下几点。

浪漫主义色彩：浪漫主义文学最早产生于欧洲，欧洲民间故事也洋溢着浪漫的气息，故事中到处都有王子与公主的奇遇、英雄与美女的一见钟情、马车与礼服、古堡与森林等，令人沉醉。

骑士精神与英雄色彩：欧洲也是骑士精神的发源地，故事情节中多见勇敢的骑士，以及富有冒险精神的小人物奇遇记，非常激励人心。

幻想主义色彩：欧洲民间故事有着神秘有趣的幻想主义色彩，主人公往往被塑造成有幻想特质的经典形象；情节设置上充满曲折离奇、天马行空的幻想，非常动人。每读一篇故事，读者也仿佛获得了超能力。真是太有趣啦。

二、通过阅读本书你可以获得什么？

这些民间故事文字质朴，情节离奇，却寓意深刻，给人以启迪，对成长中的青少年来说，它们是美的窗口、快乐的源泉、成长的阶梯。

美的窗口：这些民间故事是真善美的宝库。这里不仅有王子与公主

甜蜜的爱情，还有优美的自然环境和人间美德。比如说，善良的卡特琳娜看见年迈的小矮人头上的虱子，为了维护他的自尊，把虱子说成黄金和珍珠；美若天仙的羽毛姑娘像爱自己一样爱着她的朋友们；等等。

快乐的源泉：阅读每一个民间故事，都如同跃入一个精彩纷呈的奇幻世界，这里有法力无边的魔杖、戒指和蓝帽子，还有各种威力无边的魔咒。比如阅读《山林猫妖》，你会跟随美丽的卡特琳娜来到猫的世界，走上珍贵的水晶楼梯，还会见识奢华的金缕衣……这不仅是阅读，还是探索之旅。

成长的阶梯：读书，最重要的是成长。你可以在《欧洲民间故事》这本书中汲取成长的力量。比如说，在《羽毛姑娘和铅砣王子》中，羽毛姑娘扔下的三颗麦粒分别代表了审慎、勇气和自律，对我们人格的完善非常有帮助。当我们经受诱惑时，蝴蝶、蒲公英和金龟子三个好朋友又会提醒我们，让我们清醒。患难见真情，它们是我们成长道路上的良师益友，我们要多交这样的朋友。再比如说，在《会付钱的帽子》中，农夫上了三个闲汉的当，把奶牛当山羊卖了，这教导我们要自信，不要被别有用心的人欺骗，不要自我怀疑。

希望这一个个富含智慧和哲理的故事能够引导同学们变得善良、勇敢，学会诚信待人，增长智慧，从优秀走向卓越。

目录

橘子姑娘　/001

蚕豆娃娃　/016

树　洞　/029

聪明的男孩　/039

恶魔的契约　/045

填不满的袋子　/051

变成熊的王子　/060

猎人的金船　/075

哈珀的戒指 /087

神奇的镰刀 /103

玛杜拉与西格莉德 /109

智慧石板 /118

兰顿和蛇 /127

海 公 主 /139

渔夫的龙骨木 /148

王子的樱桃核 /155

山林猫妖 /167

羽毛姑娘和铅砣王子 /177

会付钱的帽子 /190

橘子姑娘

文前小问号

橘子里竟然有美丽的姑娘？王子是怎样找到橘子姑娘的？他有没有找到幸福？

很久很久以前，有一位王子，他体魄强健，知书达理，深受国民的爱戴，是当之无愧的王位继承人。

一天，王子正在花园里玩球，一个老妇人从旁边走过，手里拿着一个小巧的油壶。王子将皮球抛出，不小心击中了老妇人的油壶，油壶掉在地上摔碎了。

王子赶忙给老妇人道歉，但老妇人十分恼怒，不肯原谅他，还恶狠狠地说："王子，你只有找到三只橘子，跟那里面的姑娘在一起，才能幸福，否则会有厄运迎接你。"

点评

通过这样的描写，一个聪慧又有力量的王子形象出现在我们面前。

字词释义

厄（è）运：形容困苦的遭遇，不幸的命运。

字词释义

冥（míng）思苦想：绞尽脑汁、深入地思考。

点评

描述人们经过长途跋涉后又饥饿又劳累的样子。

动作描写

让三位客人躲进洗衣盆，这句好夸张啊。但民间故事和童话中很多这样不可思议的情节。

这话让王子忧心忡忡，他不愿意和人说话，胃口也不好了。他冥思苦想，只想着怎样找到三只橘子里的姑娘。

他的父母十分担心他，不愿意让他出门远行。可是王子因为这件事愁得快病倒了，疼爱王子的父母只能顺从王子，由着他去找三只橘子里的姑娘。于是，王子和两个忠诚的随从开始向南方出发，四处寻找那神奇的橘子。

很长时间过去了，他们一行人走了很远的路，来到一个荒无人烟的地方。他们饥肠辘辘，精疲力竭，想找个歇脚的地方。

后来，他们看到一间破旧的茅屋，打算向主人借宿一晚。他们来到门前，敲了好长时间的门，终于有一个老婆婆打开门走了出来，问他们有什么事。

“老人家，您能否让我们借住一晚？我们此行是为了寻找三只橘子里的姑娘。”

老婆婆听后，说：“哎，你们这些可怜的年轻人啊，进来吧。可别让我儿子南风遇见你们，否则你们就死定了。”

善良的老婆婆答应了王子的请求，把他们领进了屋子，然后拿出一个巨大的洗衣盆，把他们藏在底下，让他们在里面休息。

此时，他们听到屋外传来一阵响亮的声音，是老婆婆的儿子——南风回来了。南风一路走来，所到之处尘土飞扬，百草干枯。他打开门走了进来，还带进一股暖意。

他对老婆婆说："母亲，我闻到鲜肉味儿了。"

老婆婆赶忙说："没错，我给你做了晚饭，烤了一只羊。"

他接着说："母亲，您给我端来吧，我太饿了。"

老婆婆拿来羊肉，他狼吞虎咽地吃了起来。

老婆婆问他：

"儿子，吃饱了吗？还饿不饿？"

"母亲，我已经吃饱了。"

老婆婆对儿子说："有三位客人来咱们家了，他们出来是想找三只橘子里的姑娘。"

"这些年轻人可真可怜，你让他们过来吧。"

得到儿子的同意后，老婆婆让三位客人从洗衣盆底下走了出来。

王子把事情的来龙去脉给南风说了。

南风对客人说："你们真是太冒失了，这件事太危险了，你们现在还不知道。这样吧，我给你们想个办法。你们可以先准备一些大豆油和猪油。"

王子问："准备这些干什么？"

读书笔记

字词释义

来龙去脉：本意指山脉的走势与走向，现比喻一件事的前因后果。

点评

这些大豆油和猪油能起到什么作用呢？读到这里，同学们可以稍微停顿一下，想一想。

“不要多问，以后你们就知道了。”

南风没有解答他们的疑问，说完这些就去休息了。

王子带着疑惑入睡了。经过一夜的休息，他们又向东方出发了。他们走了好久好久，在森林里迷了路。他们又累又乏，想找一个休息的地方，找来找去，看见了一间破旧的茅屋。

> **点评**
> 此处用到了反复的结构。这是民间故事常用的叙事手法，可以推动情节，使读者加深印象，又能使情节丰富。

他们走上前，敲了敲门，一个老婆婆开了门。

老婆婆问：“你们需要帮忙吗？”

“我们又饿又累，想在这里借住一晚。”

“你们出门是想找什么吗？”

“我们出门是为了找三只橘子里的姑娘。”

老婆婆说：“你们这些冒失的年轻人啊，可别让我儿子东风遇见你们，否则你们就死定了。”

王子诚心地向老婆婆求助。老婆婆左思右想，让他们藏在面包炉里以躲避自己的儿子东风。

不久，大家听到屋外传来一阵响亮的声音，是老婆婆的儿子——东风回来了。他携带着一阵狂风，把所经之路上的所有东西都刮倒了，削碎了。东风推开门，屋里刮起一阵狂风，烟囱里的灰都被刮得无影无踪。

> **动作描写**
> 东风与前面的南风明显不同，后面的北风又有自己的特点。重复的结构中又有了变化，使故事变得整齐又有韵律。

他说：“母亲，我闻到鲜肉味儿了。”

“儿子，我给你做了晚餐，烤了牛肉。”

他说：“母亲，您给我端来吧，我太饿了。”

老婆婆端来烤牛肉，他狼吞虎咽地吃了起来。

东风吃完，老婆婆对他说：

“儿子，你吃饱了吗？”

东风回答说：“我已经吃饱了。”

见儿子已经吃饱了，老婆婆叫出王子。

王子给东风讲了事情的来龙去脉。

东风听完，对他说：

“你们准备些面包和橡子。”

王子问：“准备这些做什么呢？”

“不要多问，以后你们就知道了。”

东风没有解答他们的疑问，说完这些就去休息了。

王子和两个随从虽然疑惑不解，但也不敢再追问东风。他们在这里休息了一夜，第二天早晨，他们离开茅屋，又向北方进发。

他们走了好久好久，在雪地里迷了路。雪太深了，已经埋到了他们的腰部。他们又累又冷，想找个歇脚的地方。找来找去，他们找到一间小茅屋，便走上前去敲门。门开了，屋里是一个比前两个更加年迈的老婆婆。

老婆婆问：“我要怎么帮你们呢？”

“我们想在这里借住一夜。”

“你们为什么要来这里呢？”

“我们要去寻找三只橘子里的姑娘。”

字词释义

狼吞虎咽：形容吃东西时又猛又着急的样子。

字词释义

疑惑不解：因为有疑问而困惑，不能理解。

点评

路途中的困难越来越多，迎接他们的会是什么呢？

“哎，你们这些可怜的年轻人啊，进来吧。可别让我儿子北风遇见你们，否则你们就死定了。”

“我们又冷又累，已经没法走路了。请求您把我们藏起来吧。”

心善的老婆婆于心不忍，把他们带进屋，藏在了地窖里。

字词释义

于心不忍：心里觉得不忍心。多表示对不幸者的同情。

这时，大家听到屋外传来一阵响亮的声音。是老婆婆的儿子——北风回来了。他带来一阵大风雪，所经之处冰天雪地。北风打开门，带着飘扬的雪花走了进来，茅屋的玻璃窗上立刻蒙上一层厚厚的霜。

细节描写

为什么北风进来的时候茅屋的玻璃窗上会立刻蒙上一层厚厚的霜呢？其实目的是写北风带来的寒冷之气。属于细节描写。

北风对老婆婆说：“母亲，我闻到鲜肉味儿了。”

“儿子，我给你做了晚饭，烤了一只牛。”

“母亲，您给我端来吧，我太饿了。”

老婆婆拿来牛肉，他狼吞虎咽地吃了起来。

等北风吃完，老婆婆问他：

“儿子，你吃饱了吗？”

北风回答说：“我已经吃饱了。”

“对了，咱家来了三位非常疲惫的客人，他们在寻找三只橘子里的姑娘。”

“可怜的年轻人啊！这太危险了，他们会为此丧命的。让他们出来吧。”

得到儿子的同意后，老婆婆让三位客人走出地窖，

王子给他讲了事情的来龙去脉。

北风听后，对他们说："你们准备些绳子和扫帚吧。千万记住，还要带上一把木梳。"

王子问："准备这些做什么呢？"

"不用多问，以后你们就知道了。"

北风没有解答他们的疑问，说完这些就去休息了。王子和他的随从带着疑虑入睡，一夜的睡眠让他们精神饱满。第二天，他们离开茅屋，向西方进发了。

他们走了好久好久。有一天晚上，他们再也走不动了，正想躺下来等待死亡的降临，但这时，他们望见前方遥远的地方有一座城堡，里面灯火通明。

王子说："我们再加把劲，争取明天走到古堡那里。我们也许要苦尽甘来了。"

第二天早晨，他们打起精神，又开始赶路了。他们一路跋涉，终于来到这座庄严高大的古堡前。他们想找到入口，绕着古堡走了一圈儿，发现了仅有的一扇门。他们走上前，发现门锁和锁链都锈住了，根本无法打开。这时，王子记起了南风的话，便把备好的大豆油滴在锁孔里，又把猪油抹在锁链上。他们涂涂抹抹，几小时后，门自己开了。

他们进入古堡，来到庭院中。这时，有几条凶猛的大狗扑上来撕咬他们。危急时刻，他们赶紧把备好的面

点评

对于那些长途跋涉寻求目标许久仍然没有如愿以偿的人来说，灯火通明的城堡象征着希望与光明。

字词释义

苦尽甘来：艰难的日子过完，美好的日子来到了。

包抛出去，那些狗便去追抢面包了。

他们继续向里走，突然有几只庞大如牛的猪向他们冲过来，要吃他们。危急时刻，他们急忙把备好的橡子抛出去，那些猪放过他们，四散开去抢夺橡子了。

在另一个庭院里，他们遇到几个高大的妇人。妇人正用长长的头发从井中打水。她们打算把他们三个人扔到井里去。王子和随从把备好的绳子送给了她们，她们就可以用绳子来提水桶了，便打消了将他们三个人扔到井里的念头，继续打水。王子转危为安。

点评 这里又是一处充满想象和夸张的描述手法。妇人竟然把长长的头发当作打水的绳子。假如你也想写童话故事，可以借鉴这种方法，非常有趣。

他们继续向古堡深处走去。这里有几个厨娘，她们正徒手从面包炉里取火炭、清理炉灰。她们想把他们投进炉灶里，烧死他们。他们赶紧掏出备好的扫帚送给她们，她们便打消念头，拿起扫帚继续干活儿。

就这样，他们脱离了危险，继续前行，眼前出现了一架老旧的楼梯。楼梯上落满了尘土，又脏又乱，人们根本无法下脚。他们只好把楼梯清理了一番，然后沿着楼梯上了楼。

在楼上，他们遇到一个白发苍苍的老婆婆，她的头发又长又密，里面都是虱子。好心的王子见状，赶紧拿出备好的木梳，帮这位老婆婆梳头。老婆婆的头发干净了，变得又顺又滑。在之前的很长一段时间里，老婆婆一直失眠，现在她终于有了睡意，很快就睡着了。

点评 到了这座古堡，前面准备的东西都派上了用场。童话故事和民间传说常用这种写法引出一个个精彩的片段。

王子看了看四周，发现房间里有一个箱子，上面有三只金灿灿的橘子。

啊，三只橘子！

他赶紧走上前，拿起橘子就走，两个随从也紧跟他离去。

他们的动静惊醒了老婆婆，老婆婆立刻叫楼梯阻拦他们：

“楼梯，把他们扔到地上，摔死他们！”

但楼梯并没听从她，而是回答说：“你从不给我清理灰尘，可是他们第一次见我，就把我身上打扫得干干净净！他们是好人，我要让他们平安离开。”

老婆婆见楼梯不听她的，便吩咐厨娘：“你们快去追，把他们扔进炉灶里，烧死他们！”

“你连一把扫帚都不舍得给我们，害得我们用手掏炉灶，他们第一次见我们，就送给我们一把扫帚。他们是好人，我们要让他们平安离开。”

老婆婆又朝打水的妇人们喊：“你们快去追，把他们扔到井里淹死！”

“你连一根绳子都不舍得给我们，害得我们用头发提水桶；他们第一次见我们，就给了我们绳子。他们是好人，我们要让他们平安离开。”

老婆婆气急败坏，不停地下达命令：

点评

仅仅5个字就写出了王子见到橘子时的欣喜。

点评

从本页中的楼梯、厨娘、打水的妇人及下一页中的猪、大狗、门的反应，你能看出老婆婆是个什么样的人吗？这对你有什么启示？

读书笔记

对比

通过对老婆婆和王子一行的对比可见，善良、与人为善是多么重要！

字词释义

按捺（nà）：控制；强忍。

楚楚动人：形容人姿容美好，动人心神。

“猪，你去追他们，去把他们的肚子剖开！”

“你从不喂我们橡子吃，可是他们第一次见我们，就送了我们橡子。他们是好人，我们要让他们平安离开。”

“大狗！你去追他们，赶快去吞掉他们！”

“你从来舍不得给我们面包吃，害得我们总是饿肚子，他们第一次见我们，就把我们喂得饱饱的。他们是好人，我们要让他们平安离开。”

“门，你快锁上，别让他们逃跑了！”

“你从来没有关心过我，害得我一直锈迹斑斑，而他们既帮我抹猪油，又往锁孔里滴大豆油。他们是好人，我们要让他们平安离开。”

在楼梯、妇人们、猪、狗、大门的帮助下，王子和两个随从成功逃脱。他们踏上了回家的路。

看着三只神秘的橘子，王子不知道里面到底隐藏着什么秘密。他按捺不住好奇心，剥开了一只橘子。令人惊奇的事情发生了，一个楚楚动人的姑娘从橘子里走了出来！她是王子见过的最美的姑娘。

姑娘说：“亲爱的王子，我想喝点儿水。”

王子看了看空荡荡的水壶，说：“抱歉，我们的水已经喝光了。”

姑娘说：“亲爱的王子，如果没有水，我就要

死了。”

话音未落，姑娘真的因为缺水去世了。

王子对姑娘的死既伤心又自责，失声痛哭。他安葬了姑娘，继续赶路。过了好长一段时间，王子好奇地看着剩下的橘子，决定再剥开一只。

他觉得第一位姑娘需要水，第二位姑娘需要的也许是食物。于是他拿出了自己的干粮，剥开了第二只橘子，一个貌美如花的姑娘从橘子里走了出来，这个姑娘比第一个姑娘还要漂亮。

出乎王子的意料，这位姑娘还是说：“亲爱的王子，我想喝点儿水。”

王子很无奈，说：“姑娘，我什么都有，就是没有水。”

姑娘又说：“没有水，我就要死了。”

和第一位姑娘一样，因为极度缺水，这个姑娘也倒地身亡。

王子更加伤心自责，他怨恨自己，觉得是自己的鲁莽害死了姑娘。他安葬了姑娘，继续上路。他暗暗发誓，如果找不到水源，无论如何都不会剥开第三只橘子。

后来，王子找到一个喷泉。他欣喜若狂，装满了自己的水壶，然后小心翼翼地剥开第三只橘子。一个美若天仙的姑娘走了出来，比前两个更加漂亮。

点评

第一位姑娘死于王子的好奇，第二位姑娘死于王子的错误判断。于是，王子吸取了前两次的教训。亡羊补牢，为时未晚。

字词释义

欣喜若狂：形容高兴、兴奋到了极点。

她说："亲爱的王子，我想喝点儿水。"

"姑娘，这里有的是水，你可以尽情享用。"

"王子，我和你一起走吧。"

王子感到从未有过的开心，觉得这是他人生中最幸福的时刻。于是他让姑娘与自己同乘一匹马，继续赶路。他们经过几个月的旅行，来到一个遥远的国度，这个国家与王子的祖国一直保持着友好的邦交关系。王子拜访了国王，表明了自己的身份。

点评

读到这里，同学们是不是以为这篇故事就该结束了？像很多童话那样，王子与橘子姑娘从此幸福地生活在一起。可是本篇故事至此并未结束，接下来还有更精彩的内容。故事曲折离奇的魅力就在这里。

这位国王膝下只有一个女儿，他之前就很喜欢这位王子，曾打算让两国联姻。可这次王子到来后，国王发现王子身边还有一位漂亮姑娘，以为王子已经有了未婚妻，于是没有让女儿出来与王子见面。他对王子说："人靠衣装，虽然你的未婚妻天生丽质，但是衣着寒酸是会让人耻笑的。你可以先回国，回王宫带一些珠宝首饰和精致的礼服过来，让姑娘好好装扮一番，这样姑娘就可以体体面面地见你的家人了。在你回国的这段时间，我会派人悉心照料这位姑娘。"王子觉得国王的话有道理，便接受了建议，一个人失望地走上了回国的路。

王子离开后，国王就开始实施偷梁换柱的阴谋。他吩咐自己的女儿假意与橘子里的姑娘交好，并要求女儿模仿姑娘的行为举止，以便在合适的时机，可以

字词释义

偷梁换柱：暗中玩弄手法，以假代真，以劣代优。

代替她嫁给王子。一天，国王的女儿给橘子里的姑娘梳妆打扮时，在姑娘的头上插入了一根银针，并诅咒她：

“姑娘，为了我的幸福，只好委屈你变成鸽子了。”

果然，诅咒应验了，橘子里的姑娘瞬间变成了一只鸽子，从窗口飞了出去。国王的女儿把自己打扮成姑娘的样子，她以为自己的伪装天衣无缝，因为她的衣服、妆容都和橘子里的姑娘一模一样。可是实际上，她头发的颜色、粗糙的皮肤和姑娘的大不相同。归来的王子也觉得心上人的容貌变了。

国王的女儿对他说：“这是因为旅行中的风吹日晒使我憔悴了。只要我休息一段时间，我的美貌就回来了。”

王子相信了这个冒牌货的说辞，让她和自己一起回到了自己的国家。他的亲朋好友都觉得很奇怪，认为他离家在外那么多年，经历那么多磨难，带回的却是这样一位相貌平平、言行举止并不优雅的女子。

尽管如此，王子的父母还是为儿子选定了婚期。

有一个晚上，一个陌生的声音反复在筹备婚宴的厨子耳边回荡：

忙碌的厨子，

读书笔记

字词释义

憔悴（qiáocuì）：形容人黄瘦、瘦削、瘦弱无力，脸色难看的样子。

说辞：辩解或推托的理由。

快翻翻你烤的羊排！
一旦你烤焦了羊排，
国王肯定会降罪于你。

厨子很是吃惊，他四处张望，却没看见人，只看见烟囱外有一只鸽子。没错，是鸽子在说话。他十分震惊，把这件事告诉了国王。国王让人把这只会说话的鸽子抓住，可是所有人都空手而归，没能捉到它。国王来到宫殿的窗前，那只鸽子再次现身，飞到了国王的手上。

点评

聪明的橘子姑娘用自己的办法让国王注意自己，又落到他的手上，终于有机会说出真相了。如果她落到其他人手上，结局会这么完美吗？

看到如此神奇的鸽子，国王忍不住摸了摸鸽子的头，然而他却发现鸽子的头上有一根刺，他拔出那根刺，竟然是一根又细又长的银针。

没了银针，诅咒被解除了，鸽子变回姑娘的模样。站在旁边的王子看见眼前的心上人，这才明白有人冒充了橘子里的姑娘。恢复本来面貌的姑娘揭穿了冒牌未婚妻的身份，把她的恶行公之于众。

点评

历尽千辛万苦，王子终于获得幸福，故事有了一个圆满结局。

发生这样的事情，王子和国王都很气恼，国王亲自下令把冒充橘子里的姑娘的公主关进监狱。王子终于和心爱的姑娘结了婚。

延伸思考

我的笔记

那些老婆婆为什么每次都把自己的儿子东风、南风、北风等喂饱以后再放王子和随从出来？这说明了什么？

我的收获

反复结构在民间故事中较为常见。这种叙事手法便于讲述，可以使故事更加丰满，增添故事的吸引力。这个故事里就大量运用了这种叙事手法，除了导读中已标注的，你还能找出一些吗？

蚕豆娃娃

文前小问号

蚕豆是怎么变成娃娃的？蚕豆娃娃能干什么？

点评

故事一开始就交代了时间、人物等要素。非常简洁。

字词释义

荚（jiá）：豆类植物的果实。

很久以前，有一对心地善良的老夫妇，这一对老人虽然十分长寿，但是他们并不开心。因为他们没有孩子，感到十分寂寞。家里永远只有他们两个人，永远听不到孩子的欢声笑语。现在他们老得快干不动活儿了，也没有孩子帮他们干活儿，他们活得既孤独又劳累。

一天晚上，这对老夫妇坐在桌边，正准备第二天的食材。桌上有一堆蚕豆荚，旁边有一个盆子，他们耐心地剥着豆荚，把剥好的蚕豆放到盆里。过了一会儿，老婆婆开始查看他们的成果。她望着盆子里的蚕豆，突发

奇想地说：

“哎！如果这些蚕豆都能变成小娃娃，那我们就不用再忍受寂寞了！”

也许是老婆婆的诚心感动了上苍，她的话音刚落，出人意料的事发生了：盆里的蚕豆真的变成了可爱的娃娃，白色的蚕豆变成了男娃娃，其他颜色的蚕豆则变成了女娃娃。这些娃娃从盆里爬出来，四处追逐打闹，有的娃娃在桌子上蹦蹦跳跳，有的娃娃跳下了桌子，在石板地上玩起了你追我赶的游戏。

他们七嘴八舌地说个不停：

“妈妈，我要吃奶酪。”

“爸爸，我想喝水。”

“姐姐把我绊倒了。”

“哥哥欺负我。”

“我要洗一下手。”

“把那个玻璃杯给我吧。”

…………

一时间，场面十分热闹，娃娃们各种各样的要求使两个善良的老人手忙脚乱。

老夫妇在忙乱中说：“啊，娃娃太多了，我们根本照顾不过来，你们还是变回去吧，变回安静的蚕豆。”

老夫妇话音刚落，神奇的事情又发生了：待在桌子

字词释义

寂寞：在这里是孤单、冷清的意思。

场景描写

我们经常会用“有的……有的……”这种句式来描述某种场景。在这里，后文又用了一段语言描写。这样一来，你头脑中是否出现了一幅生动的画面？现在就请你用这种方式来描述一个场景吧。

上的娃娃便听话地回到盆里，变回不能跑也不能跳的蚕豆。可是，那些跳到石板地上的娃娃不愿意回到盆里。更确切地说，这些娃娃不想再做蚕豆了，他们都觉得做能说能笑的娃娃比做安安静静的蚕豆要快活得多。

点评

这句话中的“娃娃”和“蚕豆”前面都有修饰的词语，有对仗和工整之美。同学们想一想，他们为什么这样想？

为了能永远做娃娃，他们开始四处躲藏，有的躲在床底下，有的悄悄地溜进了柜子里，有的待在拖鞋里。老夫妇急匆匆地四处寻找。他们搬开床，床底的娃娃就被发现了；再打开柜子，一阵东翻西找，柜子里的娃娃就被逮住了；接着，他们把那些鞋子倒过来，小娃娃就掉了出来。他俩把逮住的娃娃放回盆子，娃娃们就恢复了原形。

排比

这段文字用排比来叙事，层次清晰，描写细腻，形象生动。

过了不久，屋里重新安静下来，娃娃们都没了踪影。老夫妇又坐回桌边，继续剥蚕豆。他们老了，干活儿也不利索了，虽然他们辛勤地剥蚕豆，但是速度依旧很慢。过了一会儿，老婆婆又来查看成果。她说：“我们老了，干活儿的速度真是太慢了。我真是后悔，如果刚才我们聪明一点儿，留下一个孩子就好了。只留一个小娃娃的话，我们能照顾得了，说不定，他还能帮我们干活儿呢。”

就在这时，他们听到一个稚嫩的声音：

“妈妈，您不要苦恼，我还在呢。”

“你在什么地方呀？”

字词释义

稚嫩（zhìnèn）：形容幼小而娇嫩、不成熟。

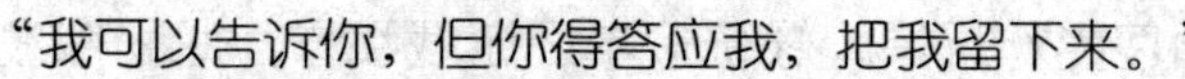

“我可以告诉你，但你得答应我，把我留下来。”

“我保证，你可以留下来。”

“你看看墙下的老鼠洞，我在这儿呢。”

得到了老人的保证，老鼠洞里的娃娃放心地跑了出来，来到老人的身边。老夫妇十分开心，把他放在桌子的中间。娃娃十分懂事，立刻开始卖力地帮老人剥起豆子来。他的速度十分惊人，蚕豆像雨滴那样落下来。噼里啪啦，噼里啪啦，很快，盆子就满了，工作完成了。

点评

这里把蚕豆比作雨滴，非常形象。另外，在描写景象时使用拟声词可以给人身临其境之感。

老夫妇终于实现了多年的心愿，有了一个可爱能干的娃娃。他们给他起名叫约翰。约翰是一个小男孩，身体和蚕豆一样大。他十分好动，不喜欢老实地待在一个地方，喜欢四处蹦蹦跳跳或者帮两位老人干活儿。在漫长的冬季里，他不停地锯木柴，生火煮饭，照看奶牛，干了许多活儿。

春天快到了，雪开始慢慢消融，约翰该出门买东西了。他首先来到面包店，把钱递给老板娘：

“老板娘，我买三个大大的圆面包。”

老板娘瞪大眼睛，吃惊地说：“我明明看见钱在动，明明有声音在我耳边响起，可是却没有发现人。”

点评

通过买面包这件事，我们可以发现约翰的个子使他平常的生活变得十分有趣。这也是童话故事之所以吸引我们的原因。

仔细观察之后，老板娘终于看见了约翰，收了他的钱，给了他想要的面包。约翰很调皮，他在回家的路上，

把面包当作玩具，像玩滚木环游戏那样，把面包放在地上滚了起来。

村里的居民见到了，诧异地问道：

“这些面包怎么会动呀？你们快看，它们滚到老人家里了！”

在一个阳光明媚的日子，老头儿说：

“天气不错，我得下地干活儿了。”

约翰觉得父亲的年纪大了，干农活儿是十分劳累的事，于是他想到田里去帮老人干活儿，减轻老人的负担，可是老头儿不同意。老头儿说：

“去农田的路上有一片森林和一条小溪，森林的野兽会吃人，小溪的水很深，这对你这样的孩子来说太危险了。”

但是，约翰不肯静静地待着。很快，到了给爸爸送午饭的时候，他坚持要替妈妈去给爸爸送饭。他挎上两只篮子，开始赶路。路上，他遇到了小溪，矮小的他根本没法过去。他朝四周看了看，发现附近有一个牧童，就喊道：

“好心的牧童，帮我个忙，请你带我渡过小溪可以吗？”

牧童循着声音向前走，奇怪地说：“是谁发出的声音？我怎么没看到人。”

字词释义

诧异（chàyì）：感觉奇怪。

点评

对自然景物的描写能让我们的文章更优美、生动，更引人入胜。写作时要加强对自然景物的描写，多观察自然万物。

读书笔记

“是我在说话，个头小就不是人吗？”约翰边说边挺了挺胸膛。

可是，牧童仍然没有发现他，约翰并没长高多少。

“这里有两只篮子，可是是谁把篮子带到这里的呢？真是奇怪！”

约翰想出一个主意，他爬到一只篮子上。牧童终于看见他了，于是帮了他的忙，把他带到小溪对岸。约翰来到田里，这时他的爸爸正在田里辛勤地劳作，约翰让他的爸爸别干了，快休息一会儿。

约翰说：“爸爸，你先吃饭，我来替你耕田吧。你吃饭的时候，只要把我塞进马耳朵里，把马鞭子给我就可以了。”

老头儿按照他说的，把他放进马耳朵里，把鞭子递到他手里，之后，就去吃饭了。约翰吆喝着，把马鞭子甩得啪啪响，赶起马儿来。马儿向前走着，听话地犁起地来。

这时，几个小偷经过田边，他们看不见约翰，只看见这匹马在吆喝声和自动挥动的鞭子的指挥下独自耕田。

他们说：“这匹马真不错，自己就能耕地，咱们把它偷走吧。”

他们靠近马，想带它走。马耳朵里的约翰大声警

反问

这句是反问句。用疑问的句式表达肯定的观点，表现出蚕豆娃娃的自信。注意掌握这种句式。

点评

小偷出现后，已趋于平静的故事再起波澜。我们写作文的时候也要注意用这种一波又一波生动情节不断推动故事发展的写法。

告道：

“别过来，否则我用马鞭抽烂你们的脸。”

接着，他又喊道：“爸爸！快来，有小偷，小偷过来偷马了！”

老头儿听到喊声，急匆匆地赶了过来。

小偷们觉得太神奇了，就问声音是从哪里发出的。为了能给他们解释清楚，老头儿把约翰从马耳朵中拿了出来。约翰一边挺直身子，一边挥舞着鞭子威吓小偷们。

字词释义

威吓（wēihè）：用强有力的气势镇吓住对方。“吓”是个多音字，请查一下“吓”的其他读音。

老头儿向他们介绍了约翰。

小偷们觉得约翰能帮他们做些事，于是向老头儿请求说：“把他借给我们吧，就几天，我们再把他送回来。”

老头儿一开始不愿意，可是那些小偷们的态度开始变得凶恶起来，他们仗着人多势众，执意要带走约翰。

机灵的约翰对爸爸说：“我可以跟他们走，但他们是不会得逞的，我戏弄他们一番就回来。”

语言描写

这段话写出了约翰的机灵和自信。

于是约翰被小偷们带走了，小偷们对他讲了他们的偷窃计划：

“今晚，我们的目标是一个大户人家。你生得和蚕豆一样小，不用撬锁就可以通过锁眼进到屋子里。等你进了屋，就去找那些值钱的宝贝，找到后你就打开窗子，

把东西从那里抛出来，我们会等在外面。”

约翰假意答应了小偷们。到了深夜，镇子里静悄悄的，屋里的人都睡熟了，只有约翰和小偷们在街上轻手轻脚地走着。他们来到大户人家门前，小偷们让约翰从锁眼里钻进屋里。约翰照办了，他爬到屋子里，把一扇窗子轻轻地打开了……然后，他故意向小偷们大喊大叫：

> 这里有金币、珠宝和绸缎，
> 小偷们，请你们尽管吩咐，
> 我要拿什么呢？

小偷们说：“你快小声点儿！你这样大喊大叫会吵醒人家，他们会来抓我们的。”

约翰的声音更大了：

> 这里有金币、珠宝和绸缎，
> 小偷们，请你们尽管吩咐，
> 我要拿什么呢？

约翰洪亮的声音吵醒了镇里的人。这家主人开始发号施令：“小偷来了！快捉小偷啊！”下人们都拿着武器

环境描写

这段环境描写烘托了氛围，使得故事的表达更有立体感和画面感，增强了故事的可读性。

字词释义

发号施令（fā hàoshīlìng）：发命令，下指示。

纷纷赶来，小偷们只好灰溜溜地逃走了。

点评

故事进展到这里真是一波三折，先是约翰被留在室内，后是他藏进稻草里，再然后又被喂奶牛的小姑娘喂进了牛肚。这一切都让读者始料未及，让读者的心和约翰的命运紧紧连在一起。

留在室内的约翰心想："现在我该如何是好？如果他们发现了我，肯定会认为我是小偷的同伙，会把我抓起来的。"

他从屋子里溜了出来，看见仓库中有一堆稻草，就悄悄藏进一捆稻草里。他一整天没有休息，疲倦极了，所以就在稻草里睡着了。

第二天早晨，镇里喂奶牛的小姑娘来了，她把约翰藏身的那捆稻草从仓库中拿了出来。约翰实在太小了，小姑娘没有发现他，把那捆稻草放在食槽里，稻草和约翰都被母牛吞了下去。

约翰睡梦中觉得非常难受，醒来才发现自己已进了牛肚子。

心理描写

从约翰的心理活动中可知约翰思路清晰，遇到困难马上就能想出办法。

他想："如果牛再吃更多的稻草，我非被闷死不可，千万不能让喂牛人再给这牛喂草吃了。"

于是，他高声叫道：

我吃饱了，
我吃饱了，
别再喂我了。

喂牛的小姑娘大惊失色，说："我竟然听到母牛说话

了，它成精了！”

她等了一会儿，母牛没有再发出声音，她以为刚才听错了。

她说：“不管怎么样，我得把牛喂好。它一定渴了。”

她从井里提了一桶水过来。

这时，约翰听到了她打水的声音，想到了自己危险的处境：

“一桶水下肚，牛胃里的水就能淹死我！”

于是，他拼命喊叫：

我不需要水，
我不需要水，
我一点儿都不渴。

这一次，小姑娘听得真真切切，她吓得跌倒了，还打翻了水桶。她惊慌失措地去向主人禀告这件事。

“我们的母牛会说话了！”

她把自己经历的怪事告诉了主人。主人很惊奇，跟着姑娘赶了过来。一开始他半信半疑，于是试着拿稻草来喂母牛。

他同样听见母牛在说：

字词释义

成精了：这个词还常用来形容有些人在某一领域经过长时间的学习，成为这一领域特别厉害、了不起的人物。

字词释义

真真切切：清楚确实；一点儿不模糊。

我吃饱了，
我吃饱了，
不需要稻草了。

主人说："这头牛竟然真的会讲话，肯定是被魔鬼附身了，我们得杀了它，不然我们就有危险了。"

就这样，主人误以为牛被魔鬼附体，让人宰杀了母牛，约翰所在的肠肚被丢在了庄园外。一只正在寻找食物的狼发现了母牛的肚肠，一口把它吞了下去。约翰又被困在狼肚里了，这里也很憋闷，让人难受。

"狼肚子里的空间不大，如果狼再吃食物，我非憋死不可。不行，我得阻止狼，不能让它再吃东西了。"

于是，每当那只狼准备对羊群下口的时候，约翰都会大声喊叫：

牧童，牧童，
快放牧羊犬过来，
狼要吃羊了！
狼要吃羊了！

听到警告，牧童们立刻把牧羊犬放了过来，还带着棍棒刀叉跑过来赶狼，狼只好夹起尾巴逃走了。

点评

这一处彰显了故事的曲折离奇，约翰刚出牛肚，又落狼口。在为约翰的命运担心的同时，又佩服作者惊人的想象力。

字词释义

憋闷：这里指由于空气不流通而感到呼吸不畅。

赋心不死的狼又走近一家田庄，想偷鸡鸭来填饱肚子，约翰又大声警告人们：

主人，主人，
快放出你们的狗，
狼来偷家禽了！
狼来偷家禽了！

那只狼什么小动物都捉不到，什么食物都吃不上，日子过得惨兮兮的，变得越来越瘦……

为了自救，狼找到了聪明的狐狸，向狐狸请教应该怎么办。

“你要在树林里找一棵枝丫茂盛的树。你把身体靠在两根树枝的中间，用力挤自己的身体，把你肚子里的东西挤出来，这样你就得救了。”

狼决定照狐狸的话做。它在森林里找了好久，才发现一棵符合心意的树木。它把身体放在叉开的树枝间，哼哼唧唧地用力挤着自己的身体。就这样，浑身上下都脏兮兮的约翰被狼挤了出来。

约翰找到一个水池，仔细地洗着身体。这时，他听见有人走过来了，立刻藏在落在地上的一丛树枝间。来人是一个背着篮子的老奶奶。她走进树林，正在找烧火

字词释义

贼心不死：不放弃坏念头而继续做下去。

字词释义

惨兮（xī）兮：形容非常凄惨。如：他一不小心跌进水沟里，全身都是泥巴，看起来惨兮兮的。

哼哼唧唧：形容说话装模作样，拿腔拿调；也形容生病时的呻吟声。这里形容狼在用力挤自己的身体时痛苦又为难的样子。

用的树枝。她看中了约翰待着的树枝，捡了起来，把约翰和树枝一起扔进篓子。老奶奶捡完树枝，开始向家里走。在老奶奶回家的路上，约翰从篓子的缝隙中向外张望，他看见了自己的家。他急忙叫喊起来：

老奶奶，老奶奶，
停下来，停下来，
有一个魔鬼待在你的篮子里。

老奶奶信以为真，以为魔鬼正和自己说话，她害怕极了，扔下篓子，惊慌失措地逃走了。约翰开心地从篓子里爬出来，回到了自己的家。老夫妇看到丢失的孩子回来了，心里十分高兴。在以后的日子里，约翰一直陪伴着两位老人，为他们的晚年生活增添了很多温暖。

点评

从这里可以看出，约翰真是个机智多谋的孩子，他总能随机应变，抓住一切关键时机使自己脱险。

我的笔记

延伸思考

蚕豆娃娃多次用自己的机智拯救了自己。他的机智多谋体现在哪里？你能记住几点？

我的收获

除了机智多谋，蚕豆娃娃还有很多优点，请你总结并思考一下，可以学习蚕豆娃娃的哪些优点。

树　洞

?文前小问号

现在，“树洞”一词往往指那些可以袒露心声的地方，即可以将秘密告诉它而绝对不会担心会泄露出去的地方。在这篇故事里，树洞里有什么秘密？那是谁的秘密呢？

很久很久以前，有两个相邻的国家，这两个国家的国王彼此厌恶，视对方为仇敌。终于有一天，他们开战了。其中一个国王吃了很多次败仗。因为两国交界的地方有一条又长又宽的河流，河上没有建桥，导致自己的军队无法渡河，国王很苦恼。

有一天，国王麾下的一个军官在森林中最高的橡树上侦察敌情。他从高处俯视地面，看见四周有一群嘻嘻

字词释义

渡：要好好区分“渡”与“度”。“度”指与时间相关的概念，如度日、度年、度假等；“渡”是指与空间相关的概念，说明从这里到那里，从此岸到彼岸，如渡口、渡河、渡船等。

夸张

此处用了夸张的修辞手法，令人捧腹大笑。通过夸张的描述，读者可以轻易记住人物的特征。

点评

通过这句话，你能看出孩子们和长鼻子老伯相处得如何吗？

点评

此处为以后的泄密埋下了伏笔。

哈哈的小孩子，他们在森林空地上追逐打闹，空地中央有一处烧得正旺的火堆，还有一个长着长鼻子的男人，他的鼻子和大象的鼻子一样长。

“啊！长鼻子老伯来啦！”孩子们停止游戏，大声地叫嚷起来。大家纷纷跑过去跟长鼻子老伯打招呼。

“孩子们，你们玩得开心吗？”

“挺开心的，长鼻子老伯，您有什么新鲜事告诉我们吗？”

“孩子们呀，我倒是知道一些有趣的秘密。”

“讲给我们听听吧，长鼻子老伯。”

“我来讲，你们千万要保密，不要告诉别人。有两个国王在互相征讨。其中一个国家的军队被一条没有桥的大河拦住了，他们总吃败仗。这片森林中有一棵红色的树，它离我们很近。只要取它的一根树枝，然后把它带到河边，架在河流的中央，它立刻就会变成一座坚固的桥……不过，大家可不能把这个秘密传出去。”

之后，长鼻子老伯唱道：

噼噼，啪啪！
保密，保密！
说出秘密，
化作石头。

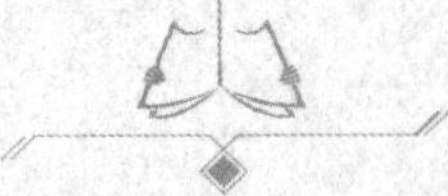

此时，树上的军官听见了这个秘密，他高兴地从橡树上爬下来，开始去找那棵红色的树。很快，他就找到了那棵树并顺利地从树上砍下一根树枝。然后，他回去禀告国王，说自己要在河上架一座桥。

“陛下，今晚我会在边界的大河上架一座坚固的桥，这样我们的军队就能毫无阻碍地渡河作战了。请您放心让我去做，但不要问我是怎么做到的。”

国王说：“要是你成功了，你就能得到最高的奖赏。”

军官把树枝带到河边，放置在河的中央，树枝开始变得又大又粗，最后变作一座横跨两国的坚固的桥。国王很高兴，指挥军队渡过河，主动向敌人发起攻击，终于打了一次胜仗。

可是还没等他们高兴完，战事又发生变化：另一个国王的军队十分强大，不愿意认输，只隔了几天时间，就发起反攻，又把他们打得落花流水。

这个失望的军官想起那神奇的树枝，他再次来到森林，爬到那棵橡树上，想看看还有没有上次的运气。他站在最高那根树枝上，向下望去，看到林中空地上的火堆依然在熊熊燃烧，孩子们正围着它嬉闹。

这时，那个长鼻子老伯又出现了。

“长鼻子老伯，您好啊！”孩子们亲切地问候

字词释义

禀（bǐng）告：指向上级或长辈告诉事情。

点评

这是个转折句，通过“可是”，强调事态有了变化。

字词释义

落花流水：原形容暮春景色衰败。后常用来比喻被打得大败。

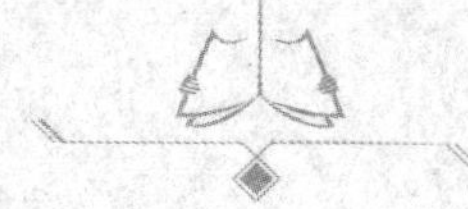

老人。

“孩子们，你们过得好吗？”

“我们无聊极了，长鼻子老伯，您有什么有趣的事告诉我们？”

“我倒是知道一些不为人知的有趣事情。”

“快告诉我们吧，长鼻子老伯！”

“好好好，我说给你们听，你们千万不能告诉别人。那个总是失败的国王虽然在河上架了桥，可是他的军队还是被打败了。我告诉你们，这片森林里有一棵神奇的树，树干里面是空心的。树洞里有一种沙子，如果把这些沙子挖出来带到战场上，撒在空中，敌人的眼睛就会失明，失去战斗力。这个秘密你们千万不能告诉别人呀。”

之后，长鼻子老伯唱道：

噼噼，啪啪！
保密，保密！
说出秘密，
化作石头。

这个秘密简直太及时了。这个军官开心地爬下那棵橡树，赶紧去找那棵神奇的空心树。很快，他就找到了

点评

这种空心的树在现实生活中也有。你们见过吗？可以查查资料，看看它们是怎样形成的。

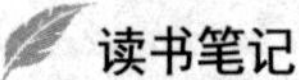

读书笔记

那棵空心树并顺利地把树洞里的沙子挖了出来，装在口袋里。

之后，他回去面见国王，请求开战。

“陛下，我们明天就发起进攻吧。您什么事情都不用担心，只要明天我们顺风攻击，让我在最前面冲锋陷阵，我们一定会取得胜利。”

点评

为什么要强调顺风攻击？结合上下文，思考一下。

国王说：“就听你的安排。如果你带领军队打了胜仗，我会给你最高的奖赏。”

第二天早晨，国王发布了进攻的命令，激烈的战斗打响了。军官把空心树洞里的沙子带到了战场，顺着风撒了出去，沙子变成了浓烟。这些浓烟十分呛人，冲在前面的敌军的眼睛看不见了，人也被浓烟熏晕，倒了下去。剩下的敌兵害怕极了，纷纷四散而逃。但是，他们已经来不及了，军官和他手下的士兵即刻捉住了他们。最后，敌国的国王知道自己实在是打不过对方，只好投降了。

由于这场战争的胜利全靠那位军官，国王召他进宫，将他表扬了一番。

国王说：“我以前承诺过给你最高的奖赏，现在我决定把女儿嫁给你——这可是最高的奖赏了。”

实际上，军官早就钟情于公主，因为公主比月亮还要美丽温柔，是一位倾国倾城的佳人。在举行婚礼之前，

对比

把美丽的公主与月亮对比。在中国文学中，月亮也是美好的象征，你知道哪些形容月亮的形容词？

军官每天都在王宫里陪伴公主。

有一天，公主问军官：

“你是怎么在大河上神奇地架了一座桥的？还有，在这次战役中，那些神奇的沙子究竟是怎么回事呢？”

“公主，你不是外人，我就实话实说了。有一回，为了侦察敌人的行动，我从森林中一棵最高的大树上俯视地面，看见林中空地有一群小孩子在嬉戏打闹，空地中央还有一个烧得正旺的火堆。然后，我又看见一个长鼻子老伯，他们在一起说了一个秘密，我在树上听得清清楚楚。”

“是一个什么秘密呢？”

“说来话长……”

军官把一切秘密都告诉了最亲近的公主。可是这些秘密一说出口，他就变成了一尊没有生命的石像。公主又伤心又害怕，她大喊救命，王宫里的人都赶了过来，军官的叔叔也在这些人里面。

他唉声叹气：“我的侄子怎么会变成这样了呀？”

公主就把军官所说的秘密和他的遭遇讲了一遍。刚说完，她也立刻变成了一尊冰冷的石像。

王宫里的人感到十分难过。国王下令把这两座石像放在教堂中祭台的两旁，所有人都过来祭奠他们。可是军官的叔叔记住了公主所说的秘密，他想要找到那个无

点评

军官要保守秘密，而公主又是他最亲密的人，这就出现了在文学作品中最常见的两难境地。两难之所以难，是因为两方面都具有一定的合理性，是两种合理性的冲撞。黑格尔就评价说，真正有价值的悲剧不是出现在善恶之间，而是出现在两难之间。

字词释义

祭（jì）：指对死者表示追悼的仪式。

所不知的长鼻子老伯。很快，他进入森林，爬到森林中那棵最高的橡树上。

叔叔相信了公主的话，因为他看见林间空地上确实有一群嬉戏的孩子。没过多长时间，老伯也出现了，军官一眼就看到了他标志性的长鼻子。

孩子们向长鼻子老伯打招呼：“您好啊，长鼻子老伯。”

“孩子们好！”

“长鼻子老伯，您有什么有趣的事告诉我们吗？”

“我知道一些不为人知的事情……”

“快说给我们听听，长鼻子老伯！”

“我告诉你们，你们千万不能再告诉别人。我曾告诉你们有个国王渡不过没有桥的河，因此老是打败仗的事情。当时，他手下的一个军官在最高的橡树上听到了我们的谈话。他就照我说的方法用红树枝做成了桥，之后又挖了空心树洞里的沙子当作武器。因此国王的军队大获全胜。国王很高兴，决定让自己的女儿与他成婚。但是军官把所有的秘密都告诉了公主。秘密泄露了，于是他就成了一尊石像。而公主又把从军官那里听到的秘密告诉了王宫里的人，她也变成了一尊冰冷的石像。现在全国人民都为他们的遭遇伤心。事实上，是有办法把军官和公主救回来的，只要找到位于森林中央的喷水池，

读书笔记

知识链接

橡树：常绿乔木，结的果实为橡子。橡树长得高大粗壮，是力量和荣耀的象征，被欧美国家誉为神圣之树。

拿起喷水池边的那面镜子，再取池里的清水洒在军官和公主的石像上，他们就能起死回生。不过，千万记住，不能告诉别人啊。”

之后，长鼻子老伯唱道：

噼噼，啪啪！
保密，保密！
说出秘密，
化作石头。

点评
长鼻子老伯唱的这首歌谣已经在本文出现多次了，属于民间故事中最常用的反复叙事手法，起着强调和推进情节的作用。试着背诵一下。

听到这些话后，军官的叔叔赶紧行动。为了侄子和公主的生命，他立刻去寻找那喷水池。找了好久好久，他终于发现了长鼻子老伯说的喷水池，用水壶取了水。在太阳快要落山的时候，他赶到了放石像的那座教堂。

他心情激动，把宝贵的水滴在侄子身上。神奇的事情发生了，他的侄子立马恢复了原来的模样，来到叔叔身边，给了他一个热烈的拥抱，感谢他救了自己。他们用同样的方法救回了公主。全国人民都为这件事高兴，军官与公主的婚礼终于可以如期举行了。

点评
在文学作品中，大家最期盼的那件事总会遭遇一波三折，不会轻易实现。前面的情节已经印证了这一点，接下来，让我们看看下文会出现哪些困境吧。

国王对救回公主的方法十分好奇，一直追问军官的叔叔，军官的叔叔害怕自己说出秘密也会变成石像，一直不愿意告诉国王。可是，国王追问不休，如果这样下

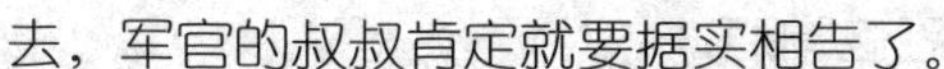

去，军官的叔叔肯定就要据实相告了。

他想："我如果再去听听长鼻子老伯与孩子们的谈话，说不定就能得到解决麻烦的方法。"

就这样，他又爬到那棵大橡树的树顶上，从高处往下望去。这时，围在火堆四周的孩子们正在和长鼻子老伯打招呼。

"您好啊，长鼻子老伯！"

"孩子们，你们好！"

"您有什么有趣的事情告诉我们吗？"

"孩子们，我知道一些有趣的秘密。我说给你们听，你们可别泄露秘密。上次我们说过军官和公主因泄密化作了石像，我说了解救的办法，而军官的叔叔正好在高处听见了我和你们的谈话，就按照我说的方法取了喷水池中的水，救回了他的侄子和公主。但是，国王天天问他救人的秘密，那位叔叔马上就要告诉国王这个秘密了，一旦他告诉别人，他就会化作石像。不过，我知道，这事也有解决的办法：在那条大河的岸边，有一棵橘子树，只要吃掉从橘子树上摘下的橘子，然后在它的树干上挖个洞，把所有秘密悄悄地说给树洞听，他的秘密就会被橘子树吞掉，消失得无影无踪。从此以后，他就可以毫无顾忌地把他经历的事情告诉别人了。但是，千万不要把这些秘密传出去呀。"

心理描写

军官的叔叔也陷入两难的境地，他在这两种合理性的冲撞中，并没有无奈地选择服从一种，而是想到了另一种办法，表现出一种洞悉生存智慧的主动性。

字词释义

无影无踪：没有一点踪影。形容完全消失，不知去向。

之后，长鼻子老伯唱道：

噼噼，啪啪！
保密，保密！
说出秘密，
化作石头。

军官的叔叔听完长鼻子老伯的话，飞快赶到河边的橘子树下，老实地按长鼻子老伯说的方法做了。然后他启程回宫，把事情的来龙去脉原原本本地告诉了国王。

果然，按照长鼻子老伯的方法，军官的叔叔没有变成石头。

之后，公主和那个军官顺利地举行了婚礼，他们幸福地生活在一起。

点评

民间故事通常有一个精彩的喜剧结尾。如何结尾？最简单的办法就是依顺情节的发展直接总结，点明结局。此处就是。

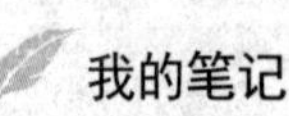

延伸思考

假如你是那个军官，你会不会说出秘密？

我的笔记

我的收获

通过这篇故事，你从中得到哪些教训？

聪明的男孩

?文前小问号

小孩也能办大事，读完这个故事你就知道了。这个男孩聪明在何处呢？他说的那些话你懂不懂？

很久以前，有一个贪婪的地主。尽管他十分富有，拥有很多土地，可他还要靠压榨别人来获取更多财富。他经常到佃户的耕地巡查。一路上遇到的人都会礼貌地向他打招呼，因为大家租种的都是他的地。地主的衣着十分体面，胸前还有装饰的表链。因为他的腿有点不中用了，所以他要拄着手杖。他看起来是一位慈祥的老人家，但讨债的时候毫不心软。

有一年，天公不作美，5月份还降下厚厚的霜，田里的麦子都被冻死了。一个佃农只好向地主借了一笔钱，

点评

在你的家乡，正常情况下，5月份是什么样的天气？田里农作物的生长状态是什么样的？

字词释义

佃（diàn）农：通常指租种地主土地的农民。收获后，他们要给地主交租子。

和地主约定把明年地里一半的收成作为还款。可是，第二年庄稼的收成同样不尽如人意。佃农只好再从地主那里借钱，又立了一张新的借据。此时，佃农已经负债累累。后来，约定的还款日期到了，可佃农家一贫如洗，一点钱也拿不出来。

这天，地主没有耐心再等下去了，他拄着拐杖来到佃农家门口，嚷道：

“欠债还钱，天经地义，你今天必须把欠的钱还上！你别想再借我的钱了！”

按照借据的约定，如果佃农拿不出钱来，得把房子和家具都交给地主抵债，佃农全家只能离开这片土地。

这次，地主带上佃农的借据，故意把表链弄出叮叮当当的动静，表明自己来了。突然，地主听到了一阵狗吠。他看见佃农最小的孩子正骑在一条狗上。那孩子脸上脏兮兮的，粘着苹果碎屑。他想做个柳笛，这会儿正拿着刀子削着一根柳条。

地主问这个孩子：

“你爸爸呢？在家吗？”

孩子继续削着柳枝，答道：

“他正在挖洞呢，这样好补上另一个窟窿。”

“这是什么意思，那你妈妈在干什么？”

“在烙饼，那是我们上个星期吃的食物。”

字词释义

天经地义：指天地间历久不变的常道。指理所当然，不容置疑的问题。也指理所当然的事。

人物描写

骑着狗，脸上脏兮兮的，拿刀削柳条……通过这里的人物描写，你能看出这个孩子是什么样的性格吗？

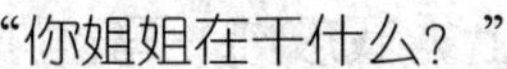

“你姐姐在干什么？”

“她正哭个不停，因为她想起了开心的事儿。”

“那你哥哥呢？他在干什么？”

“他正在埋活的东西，好让已经死的东西重获生命。”

“这又是什么意思？那你呢？你在干什么？”

“你应该看到了，我正在保护大腿的安全。”

孩子把做好的笛子放下，他的两腿仍然牢牢夹着狗。狗越叫越凶，还龇着利齿，看起来非常骇人。

地主听了这番莫名其妙的话，怒火中烧，说道：

“这都是什么胡言乱语！真会狡辩！你们想靠这些胡话搪塞我吗？痴心妄想！我明明白白地告诉你，你转告你的父母，如果他们躲着不出来，我就报警！把你们全家关进监狱！这不是唬人，我说到做到！你老老实实地回话！”

孩子仍然不急不躁，表现得十分稳重，说道：

“我说的都是实话，但是老爷为什么一句都不明白呢？”

“任谁听了这些话都会觉得你是在胡言乱语！”

“你真是个不明事理的人！我解释给你听，这样你就懂了。”

“什么？解释？还想解释！这种胡言乱语又有什么

字词释义

龇（zī）：留意这个字的读音和写法，与“呲”区分。

语言描写

我们常常说，言为心声。这段语言描写活灵活现地写出了地主的武断、无情。你能形容一下当时地主的心理吗？

用！算了，念在你年纪小的分上，我放你一马，你要是能解释清楚的话，就说来听听！”

地主把身上的借据拿了出来，摆出一副高高在上的姿态，说道：

字词释义

高高在上：原指地位高，现在形容领导者脱离实际，脱离群众。这里指地主自以为高人一等。

“这就是你父亲打给我的欠条。如果你能把刚才的话解释明白，这张欠条就立刻作废，你们就不用还钱了。你觉得怎么样？”

“让欠条作废？现在立刻作废？你说话要算话！”

语言描写

从这句话可以看出，小男孩非常想替父亲分忧。设身处地地想一想，如果是你，你当时会有什么样的心情？

“我一向说话算话！如果你能把你刚才那套胡言乱语说明白，我马上把这张欠条还给你父亲。”

“我明白了。我一定会说清楚的。”

“说吧！”

“爸爸为了还您的债，正从另一个大户人家那里借钱。也就是我前面说的：他正在挖洞去堵住另一个窟窿。”

“原来如此。那你妈妈呢？”

“她正在厨房里烤面包。上星期我们家没有一点儿面粉了，妈妈从邻居家借来几个面包。今天，妈妈要把面包还给邻居。因此，妈妈在烤的面包是上星期我们吃掉的食物。”

“那你姐姐呢？”

“前几天姐夫不幸去世，正办着葬礼。去年姐姐结

婚的时候，大家兴高采烈，欢声笑语一片。可是今天，新婚时开心的情景历历在目，心爱的人却去世了，于是姐姐忍不住流泪了。”

“那你哥哥在做什么呢？”

“还是如我之前所说：他正在把活的埋了，来让已死的东西重获生命。哥哥把长得旺盛的苜蓿埋掉了，做成肥料，来滋养从死掉的庄稼上摘下的成熟干燥的种子。”

“那你在干什么？”

“我在保护大腿。如果不是我控制住这条狗，老爷就会成为它的猎物，您的大腿就遭殃了。您看看这口锋利的牙齿！老爷一定要遵守欠条作废的约定，否则后果不堪设想。刚才这条狗已把我们的谈话听得清清楚楚、明明白白，如果您耍赖，它一定会攻击老爷的大腿。这样一来，老爷身上最脆弱的腿就保不住了。所以说，我正在保护大腿。”

地主看了看那条凶猛的大狗，又把目光移向这个伶牙俐齿的小男孩，他明明知道自己中了男孩的计，但也无可奈何，只得不情不愿地把借据交给了男孩。

字词释义

苜蓿（mùxu）：俗称金花菜，是一种多年生开花植物。

心理描写

男孩很聪明，他的智慧体现在，他不仅用语言逻辑让地主心服口服，还有让地主害怕的秘密武器：凶猛的大狗。地主不能食言，同时也忌惮这条狗，最后只好不情不愿地免除了佃农家的债务。

我的笔记

延伸思考

小男孩之所以能成功说服地主，是利用了地主的什么心理？

我的收获

机智人物型的民间故事反映了人们追求美好生活的愿望和对智者的喜爱。这个故事中的聪明的小男孩有哪些优点？请用一些成语来赞美他。

恶魔的契约

?文前小问号

与恶魔签的契约里有哪些内容？恶魔会遵守契约吗？

很久以前，有一个好吃懒做的人，他不干活儿，总是捡一些野果充饥。

点评

故事就此开始，人物出场，人格特征鲜明。

这个懒汉不仅自己经常吃不饱，也连累自己的家人一起受饿。妻子苦口婆心地劝自己的丈夫，但是他不听，依然四处闲逛。于是，他们的生活过得越来越困苦。他们吃不饱，穿不暖，家里有时连一碗面粉都没有。

有一天，一件莫名其妙的事发生了。这个懒汉突然变得富有了，他穿的衣服十分华丽，家里牲畜满棚，厨房里也堆满了做面包用的面粉。儿子非常奇怪，就去问

对比

懒汉家以前那么穷，后来突然变得十分富有。这里运用了对比的手法，有利于充分显示事物的矛盾，突出事情的“莫名其妙”，使人印象深刻。

他这是什么缘故。但是，懒汉瑟瑟发抖，眼神躲闪，没有告诉儿子答案。之后不久，这个懒汉的尸体在森林的池塘边被人发现了。同一天晚上，他的妻子也离世了。他们的儿子伤心地安葬了父母。

葬礼结束后，儿子一个人待着家里，孤独、悲伤的情绪牢牢占据了他的内心。突然，一阵风吹过，房门咯吱咯吱的响声在空荡荡的屋子不断回响，听上去像是恶魔的低语。

这时，儿子不经意地往柜子的抽屉里瞥了一眼，抽屉里竟然装满了金币！这下真把他吓坏了，他瘫倒在地上。

儿子在地上愣了半天才回过神来，他再次把目光转向抽屉，发现这些金币的旁边还有一张买卖契约。

儿子把契约拿过来仔细一看，再次受到惊吓。原来，这是父亲和恶魔签订的契约。懒汉拿儿子的灵魂与恶魔做了交易，才换来这些金币。

他们约定，恶魔将在儿子二十一岁生日那天取走儿子的灵魂；契约一式两份，懒汉与恶魔各执一份，到了儿子二十一岁那天，恶魔如果拿不出他的那份契约，这桩交易就作废。

小伙子越想越害怕：

“现在我马上就要二十岁了，距离被恶魔取走灵魂的日子不远了。我应该马上行动起来，把恶魔的这些钱

字词释义

瑟瑟发抖（sè sèfādǒu）：指因寒冷或害怕而不停地哆嗦。

心理描写、环境描写

这里的人物心理描写和环境描写内外呼应，非常符合人物的心境，读来令人感同身受。

读书笔记

捐出去，再把恶魔保存的那份契约拿到手！”

他用一些钱接济了附近的穷苦人家，又把剩下的钱捐给慈善医院。之后，他准备了一些干粮，从家中找出一把锋利的菜刀，带着它们出发了。

第二天早晨，他来到一处郁郁葱葱的树林。树林旁边有一个劈柴的人。

“请问，你知道恶魔在哪里吗？我要怎么走才能找到恶魔？”

这个人对着他摇了摇头，他也不知道怎么走。

不久，小伙子又向路上遇见的两个女人问路。与前面一无所知的男人不同，她们在胸前画了个十字，为他指了路。

他朝着女人所指的方向走去。没过多久，他在草原上遇见了一位模样俏丽的牧羊姑娘。他再次向姑娘问路。

牧羊姑娘对他说：

“前面就是恶魔的领地了，你最好躲着点儿。恶魔住在高山的城堡中，那座城堡里每晚都有宴会，到时候，妖魔鬼怪都会出现在宴会上。你千万别靠近那座城堡，人到了那里，就回不来了。”

“姑娘，我一定要进入城堡，为自己的自由拼一把。”

字词释义

接济：以财物等资助他人。近义词有救济、救援、救助等。

点评

同一个问题，不同的路人有不同的反应和不同的回答，这样的设计，让故事情节丰富多彩，更有可读性。

小伙子把自己不幸的经历告诉了那姑娘。听到恶魔的名字，姑娘没有胆怯，反而发自内心地同情这个年轻人。她鼓励小伙子说：

“既然如此，你就放手去做吧。我相信你一定会成功的。”

听了姑娘的话，小伙子瞬间变得斗志昂扬：

“不管恶魔的面目多么狰狞，它的魔角多么恐怖，我也一定要拿回那份契约，让这份不合理的契约作废。”

点评

这是小伙子内心深处正义的宣言，凸显了他的自信和不怕困难的决心，很励志。你有没有被感染到？

姑娘又对他说：

“你要想打败对手，就要找到他的弱点，然后重点攻击。魔角不是恶魔的弱点，它的尾巴才是。所以，你应该重点攻击它的尾巴！”

姑娘边说边将自己的榛木手杖赠给小伙子：

“这是以前野兽送给我自卫用的手杖，它一定能帮你阻挡恶魔，保障你的安全。”

夜里，小伙子来到了恶魔的城堡。城堡的客厅里十分热闹，魔鬼们举杯畅饮，大口吃肉，快活极了。恶魔宴会的客人都是一帮残忍丑恶的家伙，有蛇、狗獾、野猪、鳄鱼等。

字词释义

獾（huān）：也叫猪獾。哺乳动物。头尖、吻长，体毛灰色，有的略带黄色。

夜渐渐深了，这些恐怖丑陋的怪物越来越多，有狗头猪身、猪头狗身的怪物，还有体型硕大的羊和狼……

过了不久，聚齐的妖魔鬼怪们异口同声地高喊：

“恶——魔——驾到！恶——魔——驾到！”

忽然，恶魔真的现身了。它丑陋极了，头上是长角，屁股后还有一条浓毛密布的尾巴。小伙子悄悄地躲到一个隐秘的角落，等候时机。

此时，恶魔正要跨过门槛，小伙子抓住机会，迅速把门关上，一下子夹住了恶魔的尾巴，然后用榛木手杖当门闩把门闩好。转眼的工夫，恶魔就被困住了。

恶魔用力挣扎，始终也拔不出尾巴，它非常恐慌。

见此情景，小伙子飞快地取出菜刀，挥刀砍断了恶魔的尾巴。

“把门打开，还我尾巴！”

恶魔低声下气地哀求着。

小伙子当然不会同意，他高声叫道：

“先把那张契约给我，我就把尾巴还给你！”

在门的两边，恶魔和小伙子互不相让，争执起来：

“你先给我尾巴！”

“你先拿出契约！”

“契约不在这儿，在别的地方！”

“你去派人把它取回来！”

“不用去了，契约就在我的箱子里！”

“那快派人拿出来！”

动作描写

请注意“抓住”“关上”“夹住”“闩好”等一系列动词的使用，准确、连贯而又有动感，写出了小伙子的敏捷和冷静。

字词释义

闩（shuān）：作为名词，指的是门关上后，插在门内使门推不开的木棍或铁棍。作为动词，意思是用闩插上。注意与“栓”区分。

恶魔不断求饶，但是小伙子始终不肯妥协。恶魔奈何不了他。

终于，恶魔败下阵来，从门缝里把契约塞了过去。小伙子确认无误后，把契约收了起来。然后，他才打开门，把尾巴还给恶魔。恶魔接过尾巴，慌忙逃窜了。

就这样，契约失效了，小伙子再也不用出卖灵魂了。从此以后，恶魔一直躲着这位勇敢的小伙子。

小伙子和送给他手杖的牧羊姑娘结了婚。他们勤劳、节俭，靠收集榛子、耕种土地过着丰衣足食的幸福生活。

小伙子的父亲是个好父亲吗？

我的收获

小伙子看到父亲留下的钱，并没有挥霍享受，而是把这些钱财用来做慈善，然后自己走上了捍卫正义、与命运抗争之路，值得我们学习。

点评

表明小伙子意志力很顽强，善于坚持。

字词释义

奈何不了：意思是拿他没办法。

我的笔记

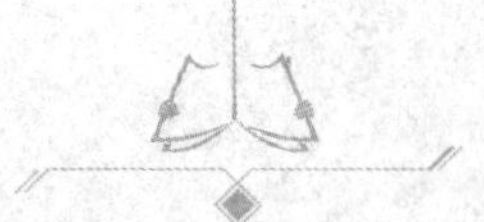

填不满的袋子

文前小问号

世界上还有填不满的袋子？这个故事中的袋子为什么会填不满？

很久以前，有一个农民，他家里债台高筑，还有十个孩子要养，一直过着困苦的生活。

有一次，农民遇到了荒年，五月份的严霜把正抽穗的小麦全冻坏了，庄稼严重歉收，大把的种子种下去，只收获了几粒小麦。这点儿粮食不仅不够吃，就连留种子都不够。茅屋里的农民快要饿死了。他无可奈何，只好去借钱，很快就欠了一百枚银币的债。农民必须在约好的期限内还钱，如果到时间农民还不上债，就会有大麻烦。

知识链接

霜是地面的水汽遇寒凝结而成的，对生长中的农作物危害很大。由于气候逐渐转冷，一旦地面或地物的温度降到0℃以下，很容易形成霜冻，会给农作物造成冻害。

心理描写

此处为心理描写。是作文中表现人物性格品质的一种重要写作方法。最常用的是描写人物的内心独白，写出人物的所思所想，让人物尽情地吐露自己的心声，使读者穿透人物外表，看到人物的内心世界。

心理描写

这位农民既想冒险一试，又怕惹来祸端，从上文和此处的心理描写可以看出，他的良心并未泯灭，但金币的诱惑最终让他铤而走险，结局令人担心。

马上就到约定还钱的日期了，农民还是两手空空。

“这可怎么办呢？如果一点儿钱也赚不到，我就只能上街乞讨了。听人家说，旁边那座山上有一块大岩石，人们都叫它‘魔桌’，下面有好多金币，我要是能得到那些金币就好了。可听说岩石坚固异常，只有在圣诞节那天夜里，人们才有可能把它抬起，从底下取出金币来。可是还有一个月才是圣诞节呢，要是真等到圣诞节，我早就饿死了……”农民想。

农民实在没有办法了。“无论如何我都要碰碰运气，去魔桌那里看看，说不定就能得到金币。”他这样想着，然后出了门。在山林的最深处，有一个阴森恐怖的地方，魔桌就在那里。

农民很快找到了魔桌，又想：

“可是，听说这些金币是有主人的，它们的主人是恶魔。如果我去找恶魔求情，他也许能借我点儿钱。”

“有人吗——”

刚喊了一声，他就害怕了，不敢再喊了，他怕真的引来恶魔。他灰心丧气地离开了。日子一天天过去，但是岩石底下的金币总在农民的脑海里挥之不去，他真的很需要钱。

“还是去向恶魔求求情吧！”

最后，走投无路的农民决定去找恶魔。一天深夜，

他带着一只黑猫走到魔桌旁，不断呼唤恶魔的名字。恶魔真的现身了。农民见到恶魔，恭敬地脱下帽子，然后认真地鞠了一躬。他一边害怕得瑟瑟发抖，一边用诚恳的口气说：

“恶魔先生，您能大发慈悲借一百枚银币给我吗？如果您肯帮忙，我真是感谢……”

没想到，恶魔爽快地回答说：

“只要一百枚银币吗？太少了吧，这点儿钱能干什么呢？你尽管开口，我都会满足你的。可是你仔细想想，如果你把这些银币花完后，你又该怎么生活呢？你总不能还要靠借钱生活吧。其实，你可以想一个一劳永逸的主意出来。比如，和我订个契约就能解决你所有的麻烦了。”

“和您订契约？什么契约？”

“我可以立刻给你一百枚银币。然后，你可以找一个最大的口袋。交易的时间就定在圣诞节晚上吧。那时，你的口袋会被我用金币装得满满的，而不是区区一百枚银币。”

“啊，你给我这么多钱，我用什么作为交换呢？”

“这个简单。我要的也不是什么珍贵的东西，只要你把维持你生命的灵魂给我就可以了。我给你满满一袋金币作为交换，怎么样？你还满意吧？来，咱们把契约

字词释义

恭（gōng）敬：对尊长或宾客尊重、有礼貌。

字词释义

一劳永逸：辛苦一次，把事情办好，以后就可以不再费力了。

语言描写

恶魔为什么喜欢要人的灵魂？据西方宗教神话，如果魔鬼引诱人成功，他就能战胜神，控制世界。在其他故事中，我们也经常听到这样的说法，比如歌德的《浮士德》中，浮士德为了寻求新生活，和魔鬼墨菲斯托签约，把自己的灵魂抵押给魔鬼。

订了吧。”

“哎，订契约这么重要的事，我一个人拿不了主意。我还要和我的老婆商量一下……”

“蠢货！你真是一个十足的傻瓜！这么点儿小事也做不了主？你要订契约，立刻订下就是了。如果你老婆知道了，以后也只会埋怨我罢了。”

语言描写

为了达到目的，恶魔用了激将法。激将法本指用刺激性的话使将领出战的一种方法，后泛指用刺激性的话或反话鼓动人去做某事的一种手段。这是一种沟通技巧，但使用时要掌握分寸，不能滥用。

农民一点儿也不懂恶魔所说的出卖灵魂是什么意思，也不清楚出卖灵魂的后果。他本来想和妻子商量以后再做决定，但是恶魔等得不耐烦了，不断催促他，他又急切地想赶快还债，于是只好接受了恶魔的建议。

农民拿走了一百枚银币，又跟恶魔约定了拿灵魂换金币的日期，然后开开心心地回了家。他用这一百枚银币还了债，日子也勉强过得下去。但是，随着时间的流逝，他越来越害怕、越来越苦恼，渐渐地吃不下饭了。马上就到圣诞节了，他愁得连觉也睡不着了。

农民的妻子看见丈夫苦恼的样子，就问他：

“你有什么事瞒着我吗？最近你每天愁容满面，脸色和纸一样苍白，整天在家里长吁短叹，发生了什么事，你得告诉我呀！”

“没事，你别担心我。”

“不可能没事，你肯定有什么秘密瞒着我。我来问你，你还债的银币是从哪里来的？”

读书笔记

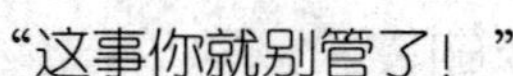

“这事你就别管了！”

可是妻子觉得一定有大事困扰着丈夫，于是她不停地追问丈夫。到了第三天，农民终于把自己与恶魔的交易告诉了妻子。

妻子听完丈夫的话，十分震惊：

“你真的与恶魔签订了契约？这下子麻烦大了！俗话说得好：‘丈夫要和老婆商量着订契约，否则，就会招惹出大麻烦。’”

农民也知道自己做错了，失落地低下了头。

妻子思考了一番，重新打起精神来：

“恶魔和你约的是什么时间？”

“就在今天。按照约定，午夜时分，恶魔就会过来。那时，我拿袋子过去交给他。他说，我可以拿任意大小的袋子，装多少金币都行。当时我对他说和你商量后再做决定，他就说我是傻瓜，一个劲儿地取笑我，又不断地催我，我实在没有办法才同意了他的条件。”

“他竟然这么说？和我商量再做决定就是傻瓜？等着吧，我一定要让他吃尽苦头！快告诉我，恶魔是来这儿交易吗？”

“嗯，他说了要来我们的茅屋，但没说袋子应该是多大的……”

“好，他竟然没要求袋子的尺寸！……好了，我有

语言描写

从妻子的话中，可以看出她的警醒，与丈夫之前的言行形成了鲜明的对比。

点评

从这里可以看出，与丈夫的懦弱和糊涂相比，妻子显然要乐观、坚强许多。

主意了。我要准备一个又窄又长的袋子。”

“袋子长也罢短也罢，我的灵魂都要交给魔鬼。”

“你要打起精神来！既然走到这一步，你照我的办法做就是了。我有办法救你。”

妻子非常有信心。晚饭后，孩子们都睡下了，她开始实施自己的计划，找了个合适的袋子。她想：

“今天是圣诞节，但愿我能心想事成，好好惩治那恶魔一番！”

接着，妻子把自己的全部计划告诉了农民。这位真诚、勇敢的女人非常聪慧，恶魔要有苦头吃了。很快到了半夜，农民按照约定走出茅屋。几乎同时，恶魔在他眼前现身了。

农夫竭力隐藏恐惧，对恶魔说：

“尊敬的恶魔大人，我们还没选好接收金币的地方呢。”

“在哪里收都行。”

“这可不行。我本想请您进屋去，但是，孩子们正在屋里睡觉，如果孩子们被吵醒，看到了大人您，一定会吓哭的……”

“你一直在拖延时间，是还没想好吧？”

“不是。我已经想好了。不如这样，我们不进屋了，能不能爬到贮藏室的屋顶上去，我和大人您一起在屋顶

语言描写

语言描写是塑造人物形象的重要手段。成功的语言描写能很好地展示人物的性格。此处对话生动地展现了农夫与妻子不同的性格。

字词释义

贮藏室（zhù cángshì）：存放东西的地方。

上交易，好不好？”

“随你怎么做，我都没问题。”

“我们要在屋顶上开个口子，把这个长袋子从那里放下去，再请大人您往里头装金币。”

恶魔同意了。他们两人来到屋顶，在屋顶上挖了个洞，把袋子从洞里放下去。袋子很长，可以一直垂到储藏室的地面上。

点评

这个袋子很长，它究竟有什么魔力可以惩治魔鬼？这里设置了一个悬念。

看到这么长的袋子，恶魔说话了：

“你居然拿这么长的袋子！比我的手臂还长呢！我本以为袋子的长度不会超过我的手臂。嗯，倒也还好，袋口看起来还比较窄……算了，我就不跟你计较了，照我们的约定，我会把袋子装满金币的。”

人们认为，恶魔大多都拥有魔力，只需念动咒语，金币就会从地底下的金库中移过来。这个恶魔也不例外，有这种魔力。在咒语的作用下，金币像一条瀑布一样流进了袋子。

比喻

运用了比喻的修辞手法，把下落的金币比喻成瀑布。

不久，恶魔又说：

“这个袋子竟然还没装满？它可真长！”

“没有多长。刚才您也看过了。对我来说，这些钱可是用我的灵魂换来的，多点儿也不过分。”

“好了！我可不想被人说小气，那我的名誉就毁了！就按我们约定的那样，什么时候装满袋子，什么时候

算完！”

但是，随着金币源源不断地流入，这袋子始终没装满。

恶魔忍不住往袋子里望了一眼，袋子依然没有要满的迹象。

恶魔终于忍不住，开始抱怨了。农民大着胆子说：

“马上就要装满了，很快就好了！”

恶魔已经气鼓鼓了，它忍住脾气，继续往里面装金币，但那口袋仍然没有满。突然，恶魔暴喝一声：

“这不对劲儿，你用了什么诡计？”

恶魔不再念咒语，他竖起耳朵听着动静。这时，他听到了沙沙声。虽然恶魔还没有听出那是用铁铲运金币的动静，但它还是发现了农民在欺骗它。

接着，恶魔发出振聋发聩的吼叫：

“我明白了！肯定是你和你老婆早就计划好了来骗我！有人说女人比恶魔更狡猾，这话真是没错！我一不小心，就中了女人的诡计，倒进袋子的金币已经堆满你家大半个贮藏室了！我可不做亏本买卖，你休想让我送你一屋子金币，我可没那么笨！既然我装不满这袋子，刚才的金币就作为违约的赔偿送给你算了。真是晦气，我再也不想看到你了。”

恶魔恼羞成怒，一气之下离开了。农民开心极了，

字词释义

暴喝：突然发出大叫声。暴，突然，忽然。喝，高声呼喊。

字词释义

振聋发聩（zhèn lóngfākuì）：意思是声音很大，使耳聋的人也听得见。也比喻用语言文字唤醒糊涂麻木的人，使他们清醒过来。

他一边飞快地爬下屋顶，一边喊道：

“老婆，你用了什么魔法？恶魔无论如何也填不满这袋子，已经气鼓鼓地滚走了！”

妻子笑容满面地打开贮藏室的门。农民惊喜地看到，里面的金币像一座小山那样从地面堆到了天花板。

“我可没有什么魔法！我只是在袋子垂下来的时候，把袋子底部拆开了而已……我们的对手是恶魔，所以用一点计谋也是应该的。你回屋去，换上像样点儿的衣服，把孩子们叫起来，我们一起去过圣诞节吧！”

点评

从欠债到得到银币，再到得到小山一样的金币，农民一家的命运改变了。

这个故事中的农民犯了哪些错误？如果是你，你会怎么做？

我的笔记

我的收获

同样是面对困难，这个农民只会一味恐慌，导致中了恶魔的诡计；他的妻子却急中生智，以弱胜强。因此，越是危急时刻，越要保持冷静，独立思考，千万不能自乱阵脚。

变成熊的王子

文前小问号

王子为什么变成熊？是他做错了什么吗？

很久很久以前，有一个生活非常困苦的农民，他生了一大群女儿。他的女儿全都伶俐可爱，尤其是小女儿，她性情最好也最漂亮。

环境描写

环境描写的作用有很多，这里的环境描写是为了渲染氛围，凸显农民一家的贫困。

天气越来越冷了，一天晚上，天空布满了阴云，狂风大作之后，瓢泼大雨下了起来。农民的房屋又旧又破，风一吹，发出吱吱嘎嘎的响声，仿佛随时都会被风雨击垮。

农民一家又冷又饿，他们无奈地围着炉子，挤在一起取暖，一边冷得打战，一边工作。突然，窗外响起敲击声。农民从屋里走出去一看，看到一只很大的北极熊

正站在窗前。

“晚上好！”

“晚上好！”

互相问候之后，熊恭敬地说出了自己的目的：

“老伯伯，我有一事相求。看您生活这样困苦，我想给您一大笔钱，但也请求您，希望您能把您最小的女儿嫁给我，好吗？我请您帮我问问您的小女儿，看她意下如何。”

语言描写

这段话透露出熊的期盼与恭敬的态度。

农民一时半刻拿不定主意，不知如何是好。虽然得到一笔钱是好事，但是要拿女儿的婚姻来换，这让他犹豫不决。他决定先弄清女儿的想法再说。回到屋里，农民把熊的一番话告诉了小女儿，可是女儿无论如何也不肯做熊的妻子。农民只好回到屋外，对熊说：

字词释义

犹豫不决：迟疑，拿不定主意。

“请你下星期再来吧，说不定那时女儿就肯答应你了。”熊听了农民的话，就回去了。

从这天起，农民一家人一直在商议这件事。最小的女儿也在想这件事，大家都在说：

“你答应了熊的求婚，咱们全家人就可以过上好日子了！”

“你和熊在一起一定会被好运眷顾的！”

字词释义

眷（juàn）顾：关心、照顾。

为了全家人的幸福，小姑娘思来想去，最后同意嫁给熊。她梳洗打扮了一番，收拾了一些行李，做好了和

熊一起离开的准备。但实际上，家里太穷了，根本没多少什么东西让她带走，所以行李并不多。

一星期的时间还没到，熊又来到农民的家。小姑娘就带着行李，和熊一起离开了。熊背上小姑娘，上路了。他们跋山涉水，去了很远的地方。

字词释义

跋山涉水（bá shānshèshuǐ）：翻山越岭，蹚水过河。形容旅途艰苦。

一天，熊问她：

“你怕我吗？”

“没什么好怕的。”

小姑娘并不害怕，因为熊很温柔，待在它坚实的背上给小姑娘带来了极大的安全感。熊说：

点评

熊坚实的背给小姑娘带来了安全感。从上文中一些细节，也可以看出熊是可以托付的。

“那好极了。只要你和我待在一起，就没什么好怕的。”

熊和小姑娘走了好久的路。最后，他们来到一座高山的半山腰上。熊轻轻地默念咒语，一座城堡出现在他们眼前。他们打开门走了进去。城堡里灯火辉煌，大客厅的餐桌上摆满了美味佳肴。屋子里摆着世间罕见的珍奇之物。

小姑娘见到这一切，非常开心。熊从城堡里找出一个银铃，送给她当礼物，还告诉她说，如果她有什么心愿，只要摇响这银铃，就能心想事成。

饭后，已经是深夜了。小姑娘经过长途跋涉，已经累极了，她想要休息了。这样想着，她摇了摇铃，突然

发现自己所在的地方变成了卧室。

"啊，多么华丽的卧室啊！真像做梦一样。屋子有精致的窗帘，床上有珍贵的饰品，连枕套都是丝绸做成的……"

小姑娘入睡后，灯就自动熄灭了。

不一会儿，有一个男人出现在这间卧室的窗外，他看着小姑娘房间的灯熄灭后，微笑着离开了。原来，这个男人就是熊，他原本是人，因为被施了魔咒，白天是熊的模样，夜里才能变成人的模样。

后来，小姑娘和这个男人结婚了，他们过着幸福的生活。

男人每天夜里都会在熄灯后变成人形，来到小姑娘的房间。但是白天他就不见踪影了。小姑娘也弄不清这其中的缘故，她还不知道这个男人是熊变的。

虽然白天见不到男人，但住在宏伟的城堡里，想要的东西应有尽有，她感到很快乐。可是过了一段时间，小姑娘就渐渐不开心了。

白天的时候，偌大的城堡只有她一个人，没人陪她说话，她感到非常孤独。她思念父母和姐姐，想要回家看望他们。小姑娘因此郁郁寡欢，熊也跟着难过。

有一天，熊特意问她："你一定很孤独吧！有什么需要我帮忙的，尽管开口。"

细节描写

这个卧室的关键词是"华丽"，后面"精致的窗帘""珍贵的饰品""连枕套都是用丝绸做成的"都是为这个词服务的。你在写作的时候，也要学会用一些细节描写写出场景的特点。

字词释义

郁郁寡欢（yù yùguǎhuān）：形容心里苦闷，指闷闷不乐。

动作描写

表达了小姑娘烦闷、矛盾的心情。动作描写是刻画人物的手法之一，是塑造人物的主要手段。

字词释义

神采飞扬：脸上的神气和光彩焕发。想象一下，人们通常在什么情况下会神采飞扬？

小姑娘很感动，但是她不想让熊为自己操心，什么也没有对熊说，只是一个人在空荡荡的城堡里转来转去。最后她还是忍不住，就把自己的想法告诉了熊：

“我想回家去看望我的亲人。”

熊回答：

“这个简单，如果你想看望他们，我就带你回一趟家！但是，有一点你要记住，回到家里之后，你母亲要是找你单独说话，你一定不要按她说的做。要是你真那样做了，我们俩都会遇到祸事，到时候后悔就晚了。”

在一个星期天，熊背着小姑娘朝她父母的家飞奔而去。因为回家的路实在是太远了，熊跑了好久好久，终于看到一座整洁的白色漂亮房子。小姑娘看见了院子里的姐姐们，她们正神采飞扬地忙碌着，看起来过得很开心。

小姑娘也很喜欢家里的新房子。

熊对小姑娘说：

“终于到了。你看，你父母、姐姐都在家里。你快回家吧！但你千万不要忘记我嘱咐你的话，否则，我们两个都会有麻烦的，切记。”

熊不太放心，又叮嘱了小姑娘几句，这才转身离开。

小姑娘与熊告别，来到了院子里。父母见到回家的小女儿，十分开心。因为熊给的一笔巨款，他们过上了

衣食无忧的生活。这些都是靠小女儿得来的，所以他们非常感激她。接下来，因为大家十分关心小女儿，他们不停地打听她的生活状况。小女儿回答大家说：

“你们都放心吧，无须为我担心。我过得很好，想要的东西应有尽有。只是一个人有些孤单……”

说完了这些，她就不再多言。大家还是搞不清楚她的生活状况到底是好还是不好。晚饭以后，果真像熊所说的那样，母亲提出要和她单独说说话。

女儿想起熊的嘱咐，推脱道：

“妈妈，该说的我都说了，您有什么要问的，就在这里问吧！”

但是妈妈很坚持，姑娘拗不过，只能跟母亲来到另一个房间。在妈妈的追问下，她把自己在城堡里的经历都告诉了母亲。她对母亲说了实话，只有在夜里男人才会出现在她身边，但是直到现在，她都不知道他的样子。白天的时候，男人就消失不见了，只有她一人留在偌大的城堡中，连个说话的人都没有，所以有时候会有点伤心难过。

妈妈听后，担心地对她说：

“啊，这样看来，夜间的那个男人恐怕不是人啊！也许他是山中精怪！这样吧，你这次回去时记得带着一根蜡烛，晚上等他入睡以后，你举着点亮的蜡烛瞧一瞧，

点评

因为大家搞不清楚小女儿到底过得好不好，反而更加想知道。这使得后文的情节发展水到渠成。

字词释义

拗不过（niùbu guò）：无法改变别人既定的想法和意见。

偌（ruò）大：指这么大，如此之大。

这样你就能看清他的模样了！记得小心一点，千万不要把蜡烛油滴到他的身上！”

太阳落山后，熊来接姑娘了。姑娘爬到了熊的背上。可是，忧心忡忡的熊说：

“哎，我担忧的事应验了！”

姑娘见他这样说，就把妈妈与自己的谈话告诉了熊，然后说：

“我不会照母亲的话做，那样我们都会有麻烦。”

熊相信了姑娘的话，背着她回到城堡里。和往常一样，在熄灯之后，男人就出现了。深夜里，男人鼾声阵阵，睡得很熟。姑娘却控制不住自己的好奇心，她点亮蜡烛，悄悄看了他的脸。

啊！原来男人是一个年轻俊美的王子。因为他长得太英俊了，姑娘禁不住诱惑，偷偷吻了他的脸颊。这时，滴下的蜡烛油正巧落在王子的衣服上。

王子被惊醒了：

“你怎么会这样？你做下无可挽回的错事了，我们没办法在一起了。我的继母对我施了魔法，我白天会变成熊，夜里才是人的模样。原本只要你在一年的时间里看不到我的脸，我就可以恢复原貌，回到王宫，你也会成为王妃。可是，你今天犯了错，所有这一切都不可能实现了。我必须离开你，回到继母那里去。在太阳的东

字词释义

忧心忡(chōng)忡：形容心事重重，非常忧愁、担心。

点评

阅读时留意“哎”“啊”这些叹词的应用，表示惋惜、感叹等，能表达出人物的细微情绪。

边、月亮的西边，有一座城堡，继母住在那里面。那里还有一个长鼻子的姑娘，她心眼儿很坏，我一点都不喜欢她，可继母下了令，要我娶她。”

姑娘悔恨交加，不停地哭泣，但是现在的局面已经无法挽回了。身中魔咒的王子只能回到继母那儿去，这是没有办法的事情。

“我愿意和你一起去！”

姑娘百般恳求，但是王子实在不能答应她。

“既然不能跟你走，那就请你告诉我如果我要去找你该怎么走，把路上的情形告诉我。”

“这倒可以。可是，这条路没有具体的路线，那是在太阳以东、月亮以西的地方，即使你知道了位置，也是极难找到的。”

第二天早上，姑娘醒了过来，王子已不在身边，城堡也消失了，她的身边只有离家时带来的一丁点儿行李。姑娘这才真正明白，现在只有自己一个人了。她感叹自己处境凄凉，就开始不停地哭啊哭，但是转念一想，哭也改变不了任何事，就决定勇敢地寻找王子。

姑娘一路跋山涉水，在一座高山的半山腰，她遇到一个老巫婆。这个老巫婆手持一个金苹果。她上前向老巫婆问路。

“老婆婆，请问您知道太阳以东、月亮以西的城堡

读书笔记

对比

此段运用了对比的写法。通过描写王子在与不在时的姑娘境遇的反差，来表达姑娘不保守秘密而遭受的惩罚与厄运。

反复

这里出现了和《橘子姑娘》里相似的结构，三个巫婆分别给了姑娘一个东西，为解决后面遇到的困难做了铺垫。

这种讲述故事的方法在中外故事中为人们所喜闻乐见。

点评

类似的人和事情发生了三次，只有细节略有不同，一方面烘托了姑娘寻找王子的挫折重重，另一方面，可以使故事架构更加饱满。

在哪里吗？王子的继母住在城堡里面，王子被迫要娶一个长鼻子的姑娘。”

老巫婆回答说：

“你为什么要打听这个？你是谁？啊，原来是你呀！其实，你只要在一年的时间里不看王子的脸，就可以成为王妃了，真是遗憾呀！算啦，算啦！可我也没法回答你，我也只知道城堡在太阳东面、月亮西面而已！你能找到路吗？这太难了。我还知道，对面的山上住着一个老婆婆，你可以骑上我的这匹马找她打听一下。你到了地方，拍一下马的左耳，它就会自己回家。对了，这个金苹果就送给你了！”

姑娘翻山越岭，才来到一座高山的山脚下，她又遇到了一个老巫婆。这个老巫婆的手里拿着金丝球，与前面的老巫婆说了同样的话，也把马借给了她，还送了她金丝球。

姑娘骑上那匹马，又经过长途跋涉后，来到另一座高山上，她又一次遇到一个老巫婆。这个老巫婆的手里拿着金丝车。同样，这个老巫婆和前面两个老巫婆说了同样的话，还把自己的马借给了姑娘，送了她金丝车。

这个老巫婆告诉她，要想得到消息，最好去找东风问问。

经历了千辛万苦，姑娘终于找到了东风。但是东风也不知道位于太阳东面、月亮西面的城堡在哪里。

东风觉得哥哥西风可能知道，于是带姑娘去找哥哥西风。这样，姑娘又跟着东风找到了西风，西风又带她去找南风，兄弟三个谁都不知道城堡在哪里。

它们觉得北风可能知道，于是，南风又带她去找了北风。

冷酷的北风呼啸着迎接南风和姑娘，冻得他们一阵哆嗦，它对南风和姑娘大声吼叫道：

环境描写、语言描写

通过环境描写和语言描写，展现了姑娘寻找北风的艰辛。

"你们有什么事？找我做什么？"

姑娘和南风已经快要冻僵了，不过为了得到消息，他们还是勉强走近北风。南风对北风说道：

"北风，我是南风。你不要这样冷酷无情，蛮横无理。我们今天来，是有件事想请你帮忙。这位姑娘要找太阳东边、月亮西边的城堡，可我们都不知道在哪里，你知道怎么走吗？"

"城堡？我当然知道！我曾去过那个城堡，那是一个遥远的地方。那趟旅行把我累个半死，说实在的，我再也不想去那个鬼地方了。虽然路途十分艰险，不过，姑娘，如果你肯坚持的话，说不定能到呢，但你要做好吃苦的准备。"

语言描写

连北风都觉得路途艰辛，姑娘却不畏艰险。这段对话刻画出姑娘勇敢坚韧的性格。

"北风先生，求您把我带去吧，我不怕任何困难。

我一定要找到王子！”

“好吧，但是今天夜色已深，我们明天再出发吧，今晚好好歇息，明天有一天的路程呢！”

第二天天刚亮，姑娘就准备好了。北风把姑娘背了起来，和姑娘一起出了门。此时，北风张大嘴巴，开始吸气，空气在北风的肚子里越积越多，北风的力量也越来越大，最后北风的肚子胀到极致，发出“扑哧”一声巨响，就带着姑娘飞了起来。他们穿过厚厚的云层，在高空中不停地飞，似乎到达了地球的另一面。在北风经过的地方，狂风肆虐，树木拔地而起，房屋倒塌无数。但是北风还是竭尽全力，继续吹气。

动作描写 这段运用了动作描写，把北风的一系列动作写得准确而生动。

过了一会儿，他们来到海面上，北风已经十分疲倦了，它从高处不断往下降，姑娘快要掉到海里去了。

“害怕吗？”

“我没什么好怕的。”

语言描写 语言简洁，写出了姑娘的勇气和决心。

姑娘的勇气感染了北风，它耗尽最后的气力，向上使劲。终于，它把姑娘送到了位于太阳东边、月亮西边的城堡。姑娘落在了城堡的窗下。

早上，在城堡的窗边，姑娘看到了王子被迫要娶的长鼻子姑娘，于是她故意摆弄起老巫婆送的金苹果来。

金灿灿的苹果吸引了屋子里长鼻子姑娘的目光，她

打开窗户，说：

“喂，我喜欢你拿的金苹果，你把它卖给我吧！”

“不行，我不卖。这苹果珍贵极了。但我可以把它送给你。但是作为交换，你要让我看一看王子。”

为了换到苹果，长鼻子姑娘答应了姑娘的请求，让她进了王子的卧室，并要求第二天天亮后离开。

经过了千辛万苦，姑娘终于看到了王子，可是王子被长鼻子姑娘灌了迷药，正在昏睡。不管姑娘如何呼唤他，摇晃他的身子，他也没醒过来。

点评

转折句。转折句的标志是转折词的使用，比如“可是”“但”“但是”“然而”等。

天亮了，按照与长鼻子姑娘的约定，姑娘被迫离开了城堡。

白天，在城堡的窗外，姑娘故意把金丝球拿在手中玩耍，长鼻子姑娘又想要金丝球，因此姑娘又用金丝球换来了见王子的机会。可是，像前一天一样，姑娘喊他，摇他，但是王子始终没有醒来，姑娘再次被迫离开了城堡。

这一天，姑娘又把金丝车给了长鼻子姑娘，因此她又获得了见王子的机会。王子仍然昏迷不醒。姑娘的呼喊、摇晃都不能让他醒过来，姑娘几乎耗尽了所有的气力。天快亮了，姑娘难过得哭了起来，一颗颗眼泪滴在王子身上。

动作描写

这一系列动作写出了姑娘期望王子醒来的急迫心情和发现王子昏睡不醒时的失望。

神奇的事情发生了，这时王子的眼睛睁开了，他看

到了姑娘。

王子十分欣慰，他心里明白，她一定是经过千辛万苦才找到自己的，心里非常感动。他说：

“你来得正好。如果遵照继母的命令，我明天就要和长鼻子姑娘举行婚礼。我不想和她结婚，我一定会在婚礼举行之前摆脱这门婚事。你安心在城堡外面等着我就好了。”

第二天，王子说：

“我的新娘要符合我的标准，举行婚礼之前，我要亲自考验她一番。”

继母说：

“可以，新娘一定要满足你的要求才行。”

王子接着说：

“我打算在结婚仪式上穿一件衬衣，可是这件衬衣上有一些污渍。嫁给我的人必须能把这件衣服洗干净。”

长鼻子姑娘觉得这是轻而易举的事，她立刻答应去洗，但是她用尽办法也洗不去污渍。

继母亲自过来指导她，但是没有效果，衬衣上仍然有污渍。

城堡里所有的巫女都来洗那衬衣，可没有一个巫女能把它洗干净。

字词释义

轻而易举：形容事情容易做，不费力，省事。

点评

此处设置了悬念。设置悬念是写作中的一种表现手法。是在文章的某一部分设置一个疑问或矛盾冲突，以造成读者某种急切期待和热烈关心的心理的一种写法。比如这里的悬念就是：为什么大家都洗不干净衬衣呢？

为什么大家都洗不干净衬衣？原来，衬衣被滴上了蜡烛油。这里的人没有见过蜡烛，所以巫女们不知污渍是什么，当然没有办法洗干净衬衣。

王子说：

“你们洗不干净这件衬衣，所以都无法成为我的新娘。不过，还有一个人可以试试看，我们把城堡窗外的那位姑娘请过来吧，让她来试一下。”

王子派人把姑娘请了过来，让她试着清洗衬衣。

“我愿意一试！”

姑娘痛快地答应了，并且很快洗掉了污渍。

“好，你就是我的新娘了！”

继母看到眼前这一幕，气急败坏。她的肚子气得鼓胀起来，越来越大，越来越大，最后炸开了……就这样，继母被气死了。

接着，长鼻子姑娘和其他巫女也被气死了。从此，就没有恶巫女害人了。

这样，姑娘成了王子的新娘。他们一起解救了被困在城堡中的人，然后带上城堡里价值连城的财物，踏上了回家的旅途。经过一番辛苦，他们回到了王子的祖国，从此幸福地生活在一起。

字词释义

气急败坏：形容因愤怒或激动而慌张地说话、回答或喊叫。

点评

本段的描写极为夸张，增添了阅读趣味，制造出强烈的震撼效果。

我的笔记

延伸思考

姑娘为了自己的家人过上幸福的生活，和陌生的熊结了婚，她的做法是对还是不对呢？

我的收获

姑娘因为不遵守承诺，泄露秘密，断送了自己和美的幸福生活，所以，一定要做个诚实守信的人。

猎人的金船

文前小问号

猎人从哪里得到的金船？他的手段是正当的吗？

很久以前，有一个猎人，他射箭的技术很好，每次打猎都能收获很多猎物。

有一天，他在茂密的森林里迷了路，走进了一座山。这座山里有很多妖怪。这时候，老妖怪刚刚去世，小妖怪们都还不懂事。山上尽是老妖怪留下的抢来的宝物，有水壶、盘子、杯子、汤匙、马车和船等，都是用金子做成的，值钱得很。

小妖怪们谁也不愿意吃亏，他们要平分父母留下的这些宝物。可是他们不识数，不知道怎样才算公平。

机缘巧合，他们发现了手持弓箭的猎人，就让他来

点评

读完故事后再回看一下，这句话对后面的情节有没有帮助？如果没有这句话，后面的情节还会顺理成章吗？

字词释义

机缘巧合：因特殊的机会和偶然的巧合而形成了某种情况。

帮忙：

“猎人，请你帮忙把这些宝贝给我们分一分，一定要公平。”

一下看到这么多小妖怪，猎人心生恐惧，想要立刻逃跑。可是一转眼，他的想法改变了。他镇定下来，走向小妖怪们：

“小妖怪，你们好。你们要平分这些宝贝吗？这太容易了。我可以帮你们。但是在这之前，你们先要告诉我，怎样才能开动那条金船。”

小妖怪告诉他：

“这个简单。你看，要先登上阶梯。但要登上一段就踢掉下面的阶梯，这样船就会自行启动。现在你知道了，就快帮我们分一分财产吧！”

猎人听了小妖怪的话，心里有了主意，于是他拉弓射箭，箭飞快地射出去了，立刻没了踪影。他对小妖怪们说道：

“喂！大家快去找箭，谁先把箭带回来，这些宝物就归谁。”

小妖怪们一听，纷纷朝箭射去的方向飞奔而去。

小妖怪们一走，猎人迅速把所有宝物收拾在一起，装到金马车上，再把金马车推上金船。按照小妖怪的说法，他登上阶梯，然后踢掉下面一段，只听轰隆一声，

动作描写

这句话有没有令你联想到某一成语？对，那就是“过河拆桥”。

点评

第一段提到的猎人射箭技术好的伏笔在这里呼应上了。他正是凭借自己高超的箭术调虎离山，开走了金船。

金船开始启动了。猎人担心小妖怪们回来，于是把船开得像离弦的箭一样快。转眼间，猎人经过一片片陌生的陆地和大海，最后到了一个陌生的国家。

比喻

比喻的修辞手法，生动形象地写出了船的速度很快。

这个国家是个小国，这里的国王有一个女儿。国王对公主十分娇惯，养成了她刁蛮的性格。这天，公主远远地望见从远方驶来一条大船，有些好奇。她来到海边，飞快地向大船跑去。她离大船越来越近了，发现这船竟然是用金子做的，非常惊讶。她用尽力气，向船上的人喊道：

"你好，开船的人。你既然能拥有这样珍贵的大船，一定是个大国的国王！请你开过来，我也想乘坐这条船！国王陛下，我想嫁给你！"

猎人听了她的话，大吃一惊。他走上甲板，心想，公主想要嫁他，是因为误会自己是一个国王，如果跟她说明真相，她肯定会打消这个不切实际的念头。于是猎人对她说了实话：

心理描写

心理描写的方式有多种，这里用了心理概述的表现形式，即作者以旁观者的身份对人物的内心世界进行剖析，一般使用第三人称。

"公主，我只是一个猎人，不是什么国王。我这样的人是配不上你的。你应该嫁给一个与你身份匹配的人！"

公主非常喜欢这条金船，她觉得不论船主人是国王还是猎人，都没有关系。只要他拥有金船，她就愿意嫁。因此，她还是说：

“没关系，把我带走吧。我真的愿意嫁给你。”

猎人觉得和她结婚简直是妄想，无论她说什么，他都不相信。他回答道：

心理描写

猎人从坚决拒绝，到犹豫，再到妥协，这一过程中的心理描写都非常细腻，转化过程合理且有层次感。

“公主，不要开玩笑了，你应该和一位王子在一起！”

尽管遭到猎人的拒绝，公主还是想方设法地讨猎人的欢心。她为猎人送来许多美食和美酒，还拿来了华丽的衣服、手套、鹿皮靴子，以及各种小玩意儿，精心安排了在船上的生活。

猎人一开始对公主的举动并不感到意外，使他吃惊的是公主竟做得那样周全。公主毕竟有自尊心，她诚恳地做了那么多的事，但是猎人却什么回应都没有，于是她气冲冲地在船的周围转来转去。

字词释义

回应：注意区分“回应”和“回映”。回应的意思是回答、响应。回映的意思是回环掩映。

就这样，两人一直互不理睬，七天七夜过去了，猎人终于妥协了，他说道：

“公主，我真的是一个平凡的猎人。如果你真想嫁给我这样的人，那你就上船吧！”

公主很开心，她连忙登上了船。猎人心想，能和公主结婚毕竟是一件开心的事，于是对公主说：

“公主，你已经登上了这金船。现在，你想到哪里去呢？”

“我要到海中央结满许多果子的大岛上去，那里肯

定很美。”

猎人听了公主温柔的回话，更加开心了。

金船向海中央的大岛驶去，很快就到达岛边。像公主说的那样，这里长满了果树，树枝上果实累累，令人兴奋。猎人立即从船上跳下去，往岛的深处走去。越往里面走，可口的果子越多。

猎人摘下果子尝了一个，但是他还没来得及咽下去，就睡着了，睡得很香甜。

公主独自在船上等着，可是她始终不见猎人回来，因此公主十分生气，她决定一个人离开，把猎人留在岛上。公主早从猎人那里学会了开船，于是她把船开回了自己的国家。

不久，岛上的猎人醒了过来，他迅速地赶回停船的地方，可是公主不在了，金船和那些宝物也一起消失了。猎人想，这肯定是个阴谋，公主嫁给他只是为了那些宝贝，现在宝贝到手了，自己就被抛弃了。但他并不太怨恨公主，只是饿极了，只好先去找食物填饱肚子。

但是，猎人找遍了全岛，除了树上的果子，没有发现别的食物，他只好去采果子。很快，猎人的左口袋里装满了果子。他尝了一个果子，一件怪事发生了，猎人的头上长出了角，角的形状和颜色像极了树枝。那角很重，简直要压断猎人的脖子了，他觉得很难受。

字词释义

果实累累：注意多音字，累读作léi。指植物结的果实特别多，也比喻取得的优异成绩相当多。

心理描写

公主刁蛮任性的性格表现得淋漓尽致。

点评

这个超自然的、异想天开的情节充满了天马行空的想象。

猎人不知道该如何是好，他很难过，心里明白，他头上有了这样的角，即使有船经过岛，船上的人也会把他当作怪物杀死，他不可能离开海岛了。不过当务之急是填饱肚子，他立刻行动起来。这回，猎人不敢吃让他长角的果子了，他发现了另一种果子。他把它们摘下来，装在右面的衣袋里，然后拿出一个吃掉了。

怪事再次发生了，他头上的角瞬间消失得无影无踪。同时，他的容貌也发生了变化，他的脸变好看了，成了世界上最俊美的脸。

他心里十分纳闷：左面衣袋里的果子会使人头上长角，右面衣袋里的果子则能除掉角，还会让人拥有一张俊美的脸，这真是闻所未闻的奇事！

猎人觉得难以置信，他又试了一遍，结果还是一样。就这样，猎人靠吃果子填饱了肚子。虽然他吃了不少，但两边的衣袋里的果子还是满满的。他向上天祈求来一条船搭救自己。

也许猎人真的受上天眷顾，不久他就看见有一条船驶向他所在的岛。猎人连忙向船求救，大声喊道：

“救命，这岛上有人，我马上要死了，来个人帮我一把呀。”

船上的人来到岛上，救下了猎人。在他们的帮助下，猎人离开海岛，来到公主所在的国家。

点评

这两种果子不仅解决了猎人自己的问题，也为后面情节的发展做了铺垫。

字词释义

闻所未闻：指听到了从来没听说过的事情，也形容该事物非常罕见、新奇。

难以置信：出乎意料，让人很难相信。

他走在城市的街道上，看见路边的院子里有一口清泉，便来到泉边洗脚。

动作描写　展现了猎人胸有成竹、沉稳缓慢的样子。

这时，有个面容丑陋的厨子从院子里出来，悄无声息来到猎人身旁。他表情十分严肃，低声对猎人说：

“哎，你是什么人！这可是给国王和王后喝的泉水。你竟然在这里洗脚，好大的胆子！我如果把这件事禀告给国王，你一定会被判死刑的。”

读书笔记

猎人起先十分恐惧，但他看着眼前丑陋的男人，心里有了主意。他对厨子说：

“我不知道这里是王宫，也不知道这泉水是国王和王后的饮用水，请你不要告发我。我可以帮你变成相貌英俊的人！”

这个条件果然打动了厨子，他说：

“好，如果你真能做到的话，我就不去告发你了。”

猎人说话算话，给厨子吃下了右边衣袋里的一个果子。

马上，厨子变得十分英俊，再也不是原来的样子了。厨子高兴极了，又拿起一个果子吃了起来。

趁厨子没注意，猎人悄悄溜进屋子，藏了起来。

动作描写　这句话展现了猎人机敏的性格。

等到了晚餐时，公主很快注意到厨子相貌的变化，她把厨子叫过来询问：

“厨子，你怎么突然变得这样英俊了？”

厨子对公主说了实话：

“公主，刚才我在院子里遇见了一个陌生男子，他是世上最英俊的男人，还拥有神奇的魔法，是他帮助了我。”

公主听了厨子的回话，很开心，说：

“他这样厉害吗？那么你马上请他过来，让他把我变成世上最美的女人，这样我就是最受欢迎的人了！”

语言描写

表现了公主虚荣、霸道、自私的性格特征。

厨子感到十分为难，他说：

“呀，他可能不在这里了，但愿他还没离开。可是，万一他来了，心里害怕，做出不合礼数的事情，你会不会怪罪他呢？”

字词释义

不合礼数：不符合礼节、礼仪、礼制。

公主说：

“绝对不会，他一点也不用怕，是我想找他的，你听我的命令做事就行，把他带到这里，再准备一桌丰盛的酒菜。你千万不要把这事办砸了。”

这时，猎人正在门后偷听，他听见了公主和厨子的谈话后，就来到了公主身边。

公主没有认出他是先前的猎人，把他领到了自己的房间里，用美食美酒来款待他。在猎人吃饭的时候，公主向他提出了自己的要求：

“请你把我变成世上最美的女人，如果你真能做到的话，我可以嫁给你。”

"我才不会再上当受骗了！"猎人想，"这是个心狠的女人，是她把我一个人扔在海岛上自生自灭，差点害死我！"但他嘴上没说，只是各种念头在他心里翻转，直到吃完饭后，他才说：

"公主，我只是一个猎人。我这样的人是配不上你的。你应该找一个身份匹配的人结婚！"

公主一听，觉得这话似曾相识，一瞬间，感到十分惊悚。不过她仔细审视眼前这个猎人，他和她丢弃在岛上的那个猎人模样相差太大了，不是同一个人。她才松了一口气，说道：

"我真的愿意嫁给你，你要相信我！我可以给你穿上华丽的服装，赏赐你金币、金杯、金马车、金船。快照我说的做，让我变美吧！"

一听这话，猎人更气了，他想，这些宝物原本就属于自己呀！

愤怒的猎人想痛斥她的所作所为，但为保险起见，他打算暂且不揭穿她。

公主又说：

"你一定要答应。如果我变不成美人，你就休想离开！"

见公主露出蛮不讲理的本性，猎人思考了一会儿，觉得自己可以让公主变美，但在这以前，他决定先惩治

心理描写

这段心理描写描述了猎人对公主的憎恨和厌恶。

字词释义

惊悚（sǒng）：形容令人惊慌、恐惧、惧怕。

心理描写

公主伤害了猎人，猎人非常气愤，但他现在并不急于揭穿她，说明猎人做事非常谨慎，非常有计划。

一下这个刁蛮任性的公主。

他让公主吃下了左边衣袋里的一个果子。在公主吃果子的时候，他飞快地逃走了。吃下果子的公主长出了树枝般的角，这引来了全城人的围观，大家都惊诧不已。

公主的角太沉了，压得她不能动弹。国王因此十分苦恼，他下令要锯掉公主头上的角。可是用再锋利的锯也锯不动这角一丝一毫。最后，国王只好让两个强壮的士兵在公主身后撑着角，这样公主才能动弹。

这件事太神奇了，大家都在猜想，也许公主是因为做了恶事才招致如此报应。国王听着这些风言风语，非常着急。为了除掉公主头上的角，他命人在城中张贴了告示：

“为公主去掉角的人可以得到丰厚的赏赐。如果这人是未婚的男人，就封他为大将军，并把公主许配给他；如果这人是女人，或是有妻子的男人，就给这个人数不尽的金银财宝。”

告示张贴之后，最开始是许多医生过来为公主诊治，后来各行各业的人从全国各地赶来应征，他们各显神通，用尽了招数，可是还是没人能拿掉公主的角。那角纹丝不动，牢牢地长在那里。

猎人看了告示之后，也来到王宫，混在人群里。等

读书笔记

场面描写

描写了国王为了救治公主而张贴告示后，众人的反应和发生的实际状况，为后面猎人的出场做了铺垫。

轮到他诊治时，他对国王说：

“尊敬的国王，我愿意一试！也许我能成功呢。”

国王看了看他，摇了摇头，说：

“我并不看好你。许多人都说自己有办法，可是最后他们全都失败了。我看你也做不到。”

猎人镇定自若，说：

“请国王陛下相信我。在这个世界上，我是唯一能拿掉这种角的人。请允许我为公主诊治吧！”

国王看到猎人信心满满的样子，就答应了：

“嗯！要是你有信心的话，你可以一试。如果你能成功治好公主，你将成为这个国家的大将军。”

猎人说：

“没问题，国王陛下。在我为公主诊治之前，请你让围观的民众离开这里，那些守卫公主的士兵们也要离开！”

国王同意了猎人的请求，让他们离开了。

猎人对留下的仆人们说道：

“在我拿掉角之前，你们要做好准备工作。女仆快去劈柴，再用炉子烧好热水，以备公主沐浴使用。男仆到树林去砍三根粗壮的柳树枝，再把树枝放在热水里。”

不久，柳树枝与热水都准备好了，仆人们把公主送

字词释义

镇定自若：指在情况紧急时不慌不乱，当作没什么事情似的。

点评

我们前面知道，吃了右面口袋里的果子就可以去掉角，那柳树枝又有什么用呢？这里留下一个悬念。

进浴室，然后离开。猎人反锁了门，这个举动没被任何人察觉，时机把握得刚刚好。

这样，屋里就只剩下猎人和公主了。猎人将公主绑了起来，吊在半空中，然后用备好的柳枝向公主身上打去，同时责备道：

语言描写 这段话表达了猎人对公主的不满和痛恨。

“公主，你好好反省一下，反省一下你抛弃我、偷走我金船的恶行。正因为你有坏心思，你才会愿意嫁给我。你这个刁蛮狡猾的女人，一会儿谎话连篇，一会儿偷盗宝物，真是无耻。现在，我要好好惩罚你一顿，你要保证今后不再做坏事！”

公主这才知道真相，她既痛苦又愧疚，泪水止不住流下来。她反思自己，觉得自己确实做错了，非常悔恨。

语言描写 这段话表达了公主悔恨莫及的心情。

她对猎人说：“我做了那么多坏事，真的非常对不起你！我一定会改正，绝对不会再作恶了，请你原谅我吧！”

字词释义 闭月羞花：也说羞花闭月。形容女子貌美。人们常把它和“沉鱼落雁”结合起来使用。

猎人看到公主是真心悔改，就原谅了她。他把公主放了下来，给公主吃了右边衣袋里的一个果子。于是，公主不仅拿掉了头上的角，还变成了一个闭月羞花的美人。

国王很高兴，他兑现了自己当初的承诺。之后，猎人成了这个国家的大将军，并迎娶了公主，生活得非常幸福。

哈珀的戒指

文前小问号

哈珀的戒指和平常的戒指有什么不同？有什么魔法呢？

从前，有一对贫穷的夫妻，他们只有一个儿子。这个孩子名叫哈珀，他不学无术，到十几岁时，既没学成什么手艺，也从不帮父母的忙，总是闲在家里。

点评

故事开头开门见山、单刀直入。这种开头法直截了当，易于掌握。

父亲也曾给他安排过一些工作，但是哈珀在哪里干活儿都不专心，经常扔下没干完的活儿，就跑回家里。

有一天，一个船夫来跟他说：

“我可以带你去一个你从没去过的国家。和我们一起坐船离开怎么样？”

“太好了，我愿意和你们一起去！”哈珀回答道。

他已经长大了，很想到别的地方长长见识。

就这样，哈珀离开家，坐上一条船，开始了海上的旅行。

有一天，这条船在海上遇到了风暴。在风暴的作用下，他们的船偏离了原来的航线，漂到了一片陌生的海上，等风暴停下时，船已经被冲上了一个陌生的海岸。船上的人谁都不知道这个海岸是什么地方。

此时海上风平浪静，船长决定暂时把船停在这里。哈珀向船长请求让自己上岸，他想要在陆地上休息一会儿。

点评

哈珀为什么坚持要上岸呢？这表现出他的好奇心和冒险精神。

“你的衣服这样破破烂烂的，实在太不像话，你还要上岸见人？”

尽管遭到船长的斥责，哈珀还是坚持要上岸。最后船长还是妥协了，对他千叮万嘱：

“一会儿还有风暴，你一定要快去快回！”

环境描写

有田地和牧场但没有人，反常，让人感觉诡异，吸引读者读下去。

哈珀上了岸，发现那是一个美丽富饶的国家。那里平原辽阔，一眼望去，到处都是田地和牧场。但是奇怪的是，他连一个人影都没发现。

不久，风暴再起。但是哈珀正看得兴高采烈，没有听船长的话及时回去，一直往前走，希望遇见一些当地人。一个小时之后，哈珀来到一条宽阔的大道上。这条道路相当平坦，没有一点坑坑洼洼的地方。他沿着这条

路继续向前。黄昏时分，哈珀远远地望见前方有一座明亮的城堡。

哈珀提起精神，加快了步伐。这时他已经一整天没有休息了，还饿着肚子。不知为什么，离这座城堡越近，哈珀心里越是不安，隐隐觉得会有什么不好的事发生。

哈珀来到了城堡里，发现这里灯火通明。他转悠了几圈儿，然后悄悄走进了厨房。厨房里同样灯火辉煌，到处都是金银厨具。只是也没有看到人。哈珀在厨房里停留了一个小时，没有见到人，于是他就想到别处转转。在最里面的房间里，他见到了一个摇纺车的姑娘。姑娘见闯进来一个陌生人，就说：

“你真是大胆，你知道这是什么地方吗？这儿是三头洞穴精灵的家。这个精灵长着三个头，很厉害。你最好赶快离开，不然，洞穴精灵会吃掉你的。”

“我不怕！即使那个怪物有四个头，我也不害怕，我倒想见识见识他呢。我又没做亏心事，何必害怕。但是我肚子饿得咕咕叫，你能找点吃的给我吗？”

姑娘见他坚持不走，就给他拿了一些食物。不一会儿，哈珀就吃完了。

房间的墙上挂着一把刀，姑娘让他试着从刀鞘中拔出来。可是哈珀试了试，刀很重，他根本拔不出来。

“我想起来了，你看见那把刀旁边的水了吗？三头

环境描写

这段环境描写刻画出城堡的异常之处，为故事增添了一份诡异的色彩。哈珀心里不安也是有原因的。

字词释义

刀鞘（qiào）：用来携带刀具的容器。刀鞘对刀而言，就像衣服对于人一样，既满足了最基本的保护作用，又提升了佩戴者的品位与气质。

洞穴精灵在用刀之前，总要先喝水，你也喝一口瓶子里的水试试吧。”姑娘建议道。

哈珀照姑娘所说喝了一口水，然后轻而易举地拔出了那把沉重的刀。哈珀心想：“真不错，这样一来，我就可以随心所欲地使用三头洞穴精灵的东西了。”

字词释义

轻而易举：形容事情容易做，不费力，省事。

忽然，一阵大风刮过，三头洞穴精灵从外面回来了。哈珀慌忙躲了起来。

“奇怪，家里怎么有陌生人的气息？”

肥硕的三头洞穴精灵从门口探进头来，边嗅边说。

“有人当然就有人的气息！”哈珀从藏身处冲上来，同时看准时机，把三头洞穴精灵的三个头都砍掉了。

语言描写

这句话很简洁，写出了哈珀的自信与坦荡。

姑娘看到三头洞穴精灵被杀死，明白自己获救了，心中很是开心。原来，她是被三头洞穴精灵抓来的。

她欢快地跳起了舞，唱起了动人的歌。

不久，她想起了自己被困的妹妹们，说道：

“英雄，你能帮我救出妹妹们吗？”

“她们遇到什么事了？”哈珀问。

姑娘告诉他，她们都被洞穴精灵抓走了，一个被六头洞穴精灵关在六里外的城堡，另一个被九头洞穴精灵关在九里外的城堡。

“还有一件事，请你帮我把洞穴精灵的尸体扔出去！”姑娘说。

哈珀的力气极大，他轻松地把尸体扔到了外边，并把四周清理了一番。他在城堡休息了一晚上。第二天天刚亮，哈珀精神十足地立刻开始赶路了。他一路没有耽搁，很快就赶到了六头洞穴精灵的城堡前。

这座城堡比先前的城堡更加宏伟，哈珀心里越发不安。他来到厨房最里面的房间里，遇见一个姑娘，她劝哈珀说：

“哎呀，这个地方不是你应该来的！这里是六只头的洞穴精灵的家，赶快离开吧。不然，你会丢掉性命的！”

“没关系，就是洞穴精灵再生出六个头，我也不会逃跑！”哈珀回答道。

“洞穴精灵会像抓小鸡仔一样抓住你，然后吞掉你！”

尽管姑娘一直在劝哈珀离开，但哈珀丝毫没有胆怯，他不愿意临阵脱逃。他对姑娘说：

“洞穴精灵也没什么可怕的！我肚子饿了，你给我找点吃的吧。”

“我尽量给你一些可口的食物！吃完了，你就赶快离开！”

“不，我不会走。我又没做亏心事，当然不用逃走。”哈珀说。

语言描写

人物对话很精彩。既塑造了人物性格，又传达了故事进一步发展的方向和信息。

读书笔记

“他可不管你是好人还是坏人，只要被抓住，你就会被吃掉。要是你实在不愿意走，那请你试试拔出六头洞穴精灵的那把刀！”姑娘说。

哈珀走到墙边，试了一下，根本拔不动。姑娘告诉他，那把刀的旁边有一瓶水，只要他喝一口水，就能拔动刀了。

细节描写

这段话写出洞穴精灵的特点，同时也为情节的发展服务。

突然，身躯庞大的洞穴精灵回来了。因为洞穴精灵实在是太胖了，所以他每次都是侧着身子进门的，这时他的一个头先探进门来，大声叫道：

“呀，家中分明有外人的味道！”

此时，哈珀猛然偷袭，一口气连着砍下洞穴精灵的六个头，轻轻松松地杀死了六头洞穴精灵。姑娘获救了，她开心得蹦了起来。但她转念一想，想起自己的妹妹，于是请哈珀帮忙救人。

哈珀答应了，他先帮姑娘收拾了六头洞穴精灵的尸体，于第二天早上出发救人。尽管路途遥远，但哈珀的速度很快。黄昏时分，他来到九头洞穴精灵的城堡前。

点评

随着故事的发展，哈珀得到了成长，变得越来越有勇气。

这座城堡比前两座城堡更加宏伟壮丽。而哈珀已经有了两次冒险经历，他心中淡定，径直来到厨房里面的房间。房间中有一个美若天仙的姑娘。自从被抓来以后，除了洞穴精灵外，姑娘从未见有人来过这里。

“哎呀，这里是九只头的洞穴精灵的家，赶快离开

吧。不然，你会丢掉性命的。”姑娘一直劝哈珀尽快离开此地。

“我不怕，就是怪物再长出九个头，我也不走！”哈珀守护在姑娘身边，任凭姑娘怎么劝说，他都不退却。

“既然我敢来，我就能打败洞穴精灵。”

年轻人这样倔强，姑娘只能让他喝了瓶里的水。这样一来，他就可以拔出九头洞穴精灵的刀了。

突然，一阵猛烈的妖风刮过，比前两个更庞大的洞穴精灵回来了。这个洞穴精灵先把头从门里塞了进来，说道：

“哎呀，我闻到陌生人的气味了！”

此时，哈珀抓住时机袭击了九头洞穴精灵，他一鼓作气，砍光了他的头。

哈珀终于击败了最后一个敌人，他也筋疲力尽了。

受困的三姐妹全部被救出了，她们聚在一起，开心极了。

姑娘们都很欣赏哈珀，尤其是最小的妹妹，她爱极了这个勇敢的人。哈珀也很喜欢三个姑娘，他决定和他最喜欢的小妹妹结婚。

在这样欢喜的时刻，哈珀却露出一副伤心的样子。姑娘们不知道他为什么伤心，就问他是不是不喜欢这个

读书笔记

字词释义

一鼓作气：比喻趁劲头大的时候鼓起干劲，一口气把工作做完。

点评

这里设置了悬念，激发了读者继续阅读的兴趣，避免了阅读疲劳。

地方。

“不，不是这样的。我喜欢这个地方，这里有美食美酒，还可以见到你们，但是我有自己的家，有自己的父母，我太想念他们了，所以想回去探望他们。”

听了哈珀的话，姑娘们才恍然大悟，觉得他说得有道理。

字词释义

恍然大悟：对某一事物突然明白、突然醒悟。

“要是你想看望父母，就回家一趟吧！这是应该的。但是你得听我们的话。记得要及时回来，不要在别的地方逗留。”

“没问题，我听你们的。”

哈珀跟她们约好以后，姑娘们开始为他打扮，经过装扮后的哈珀，衣着华丽，简直像一位尊贵的王子。姑娘们给了哈珀一枚戒指，说：

外貌描写

外貌描写是从人物的体貌特征（包括人物的容貌、衣着、体型、姿态等）进行描写，以揭示人物的思想性格，表达作者的爱憎，加深读者对人物的印象。

“这是枚有求必应的戒指。你有什么事需要帮忙，向它许愿就可以了。记住，千万不能弄丢这枚戒指。还有，不要告诉别人我们的事。要是你说出去，就回不来了。”

哈珀对着戒指说：

“戒指啊！请让我回家吧！”

他的话音刚落，愿望便实现了，他定睛一看，已经来到自家门前了。这时夜晚已经来临，在夜色的笼罩下，他的父母没有认出他。他们从未见过这样衣着华丽的人，

因此诚惶诚恐地接待了他。

哈珀请求道："我能在这里过夜吗？"

"可别这么说，您这样尊贵的客人不是我们穷人家能招待的。你还是到附近的富人家里借宿吧。在那里，您会得到热情周到的款待。"

他父母拒绝了他的借宿。可是哈珀说他坚决要住在这里，不会嫌弃他们的家。他父母再三拒绝，告诉他富人家里有吃有喝，而他们家徒四壁，无法招待他。

"今天太晚了，来不及了。我必须在这里借宿一晚，不需要你们为我做什么，我打地铺睡一觉就成。"

听到如此简单的要求，他的父母终于答应了。哈珀就像以前在家的时候一样坐在火炉旁边，老夫妻在火炉旁开始聊起天来。哈珀听见他们的谈话，就在一旁问道："你们夫妇没有子女吗？"

"有的，我们有一个儿子，他的名字叫哈珀，不过，他现在下落不明。"

"我不就是那个儿子吗？！"

"你不是，我们非常了解自己的儿子！哈珀是一个懒惰的孩子，从来没有专心地做过一件正事。而你是一位容貌英俊的贵人。老头子，是不是这样？"

母亲提到儿子，心里有些伤感。她轻叹一声，然后开始探身拨弄炭火，好让火烧得更旺些。在明亮的火光

字词释义

诚惶诚恐：非常小心谨慎以至达到害怕不安的程度。

家徒四壁：形容家中十分贫穷，空无所有。

语言描写

哈珀主动提起子女问题，并没直接说明自己的身份，是为了让父母看到自己的变化，给父母一个惊喜。

中，女主人终于看清了哈珀的脸，她大吃一惊，叫道：

“啊呀，哈珀，真的是你呀！”

看到下落不明的儿子回来了，年迈的父母高兴极了。哈珀把自己的经历告诉了父母，母亲乐不可支，马上领他到富人家里，向那些爱慕虚荣的姑娘炫耀自己英俊潇洒的儿子。

母亲一进邻居的家门，就说道：

“我们的哈珀回家了，他现在焕然一新，好像变了个人，像是一位尊贵的王子！”

“哈珀呀，”姑娘们都是一副不屑的样子，嘲笑道，“他是一个懒人，整天无所事事，真是糟糕透顶的一个人！”

此时，哈珀进了屋。看到衣着华丽的哈珀，姑娘们羞愧极了。她们刚才还在火炉旁说他的坏话，这下子都一声不吭，急匆匆地躲到了外面。

过了好一会儿，她们才缓缓回到屋子里。在这个过程中，她们一直低着头，羞得不敢再看哈珀。

“过去，我的见识实在太少了，没见过什么美女。你们真该见见帮助过我的那些姑娘，她们美丽又善良。特别是我喜欢的那位小妹妹，那真是比太阳还明媚，比月亮还要温柔，是世上最美的人。如果她们能站在这儿，你们肯定也会觉得我说得对极了。”

字词释义

乐不可支：快乐到不能撑持的地步。形容欣喜到极点。

焕然一新：指改变陈旧的面貌，呈现出崭新的样子。

点评

这句话表达了姑娘们对哈珀的态度变化，也表达出故事认可的价值观。

夸张

这段话运用夸张的修辞手法，赞美了姑娘的美丽与善良。

哈珀的话音未落，三个姑娘就现身了。他这才想起她们曾经嘱咐过，让他不要向别人说她们的事情。

富人家想要招待这三个姑娘，可是她们不愿意，对哈珀说：

“我们想去探望你的父母，一起走吧！”

于是，哈珀领着姑娘们离开了。在回家的路上，她们经过了一个大湖，那里有一片草地，绿草如茵，美得像一幅画。大家都说想在草地上休息一会儿，欣赏一下美景。

坐下以后，三个姑娘说道：

“哈珀，你如果累了，可以躺下睡一会儿。”

“好的。”哈珀真的感到几分疲倦，他躺在草地上，很快就睡着了。三姐妹中的小妹妹悄悄把他手上的魔法戒指换成了普通戒指，然后对魔法戒指说：

万能的戒指呀，

让我们回到幻想城吧！

过了一会儿，醒过来的哈珀发现只剩下自己一个人，这才明白因自己失信，姑娘们弃他而去了。他大哭一场，也不肯和父母回家去。

“我要回去和她们重聚。不管路途有多艰险，你们

环境描写

此段情节使行文从舒缓再过渡到后面的紧张，使故事增加了节奏感。

字词释义

绿草如茵：绿油油的草好像地上铺的褥子，形容绿草浓密柔软。

读书笔记

不答应的话，只会失去我这个儿子。”

他非常坚持，说罢便向父母告别，离开了家。此时他口袋里还有三百元钱。不一会儿，他看到一个人骑马而来，便开口问马主人，能否买他的马。

“原本我不打算卖马。既然你需要它，那就卖给你吧。”这男人说道。

哈珀很高兴，连忙问他需要多少钱。

“我这马挺好骑的，但也不是什么名贵的马，不值多少钱的，你看着给吧。”男人说道。

他们说好价钱，哈珀付钱，然后让马儿驮着行李，开始日夜不停地赶路。

一天傍晚，他来到一座郁郁葱葱的森林。这时已是人困马乏，他决定在这里休息一夜再赶路。他卸下马背上的行李，放马儿饮水、吃草，自己席地而卧。可是不知为何，整整一夜他都没有睡着。

第二天早晨，他像往常一样出发了。在这座大森林里，有许多草地。遇到草地，他就歇一会儿，也让马儿填饱肚子，补充体力。但是，这座森林十分广阔，他赶了一天的路，还未走出森林。

很快到了傍晚，他看见前面有一处光亮，顿时很开心，因为有火光就有人居住，他就有机会吃上热饭了。

他走上前，发现那是一间破旧的小屋，里边坐着一

字词释义

驮（tuó）：表示用背负载。

人困马乏：形容体力疲惫不堪，非常疲倦。

点评

这的确是个很大很大的森林，竟然走了一天都没有走出去。在旅行的过程中，你有没有过这种长途跋涉的体验？那是一种什么样的体验呢？

对白发苍苍的老夫妇。老婆婆坐在火炉旁，正在用自己长长的鼻子拨弄着炉火。

“晚上好！”哈珀说。

“晚上好！”老婆婆回答道，“你怎么会来这个地方呢？我们已经在这里生活一百年了，还从没有见过外人！”

哈珀告诉老夫妇，自己想去幻想城，但不知道怎么走，问她是不是知道路。

“我们也不知道。”老婆婆回答他，但是她随后又说道，“但是你可以等到月亮出来，你去问问月亮。月亮照耀着大地，说不定会知道幻想城在哪里。”

过了一会儿，温柔的月亮从东方升起，光芒挥洒在大地上，老婆婆高声询问：

“月亮，月亮，你知道去幻想城的路吗？”

“幻想城？我也不知道，每当我的光芒刚要到达那里，云就会把我挡住。”月亮回答。

老婆婆见哈珀满脸失望，于是安慰哈珀：“既然月亮不知道，那就再等一等西风，那孩子四处游荡，它肯定知道。”

就在这时，她发现了旁边拴着的马，立刻说：

“哎呀，你原来是骑马来的。真是的，你拴着马儿，马儿会饿肚子的，放它到草原上去吃草吧。不如你用马

环境描写

这句话描写了月下景色。说月亮很“温柔”，使用了拟人的修辞手法。可以闭上眼睛想象一下当时的情景。

语言描写

故事一波三折，可以激发读者的好奇心。

字词释义

健步如飞：形容步伐矫健，跑得飞快。

景物描写

景物描写的主要目的是为了显示人活动的环境，使读者有身临其境的感觉。

来换我的宝物吧，我的宝物是一双神奇的长筒靴，虽然它旧了一点儿，但是穿上它能健步如飞，比骑马速度更快，有了它，你很快就可以到达幻想城。”

听说有这么神奇的靴子，哈珀高兴地答应了老婆婆，两个人都很高兴。老婆婆笑着说：

“真好，我以后能骑着马去教堂啦。”

哈珀不愿休息，想立刻出发。热心的老婆婆却劝他说：

“你不用着急，你先休息一会儿，西风回来，我会替你问路的。”

过了一会儿，呼啸的西风来了，屋外的树枝发出哗啦哗啦的声音。老婆婆走出小屋，向西风问道：

“西风，有一个人想去幻想城，你知道该怎么走吗？”

“这个我知道！我刚巧要去幻想城，那里要举行一场婚礼，我负责把那里结婚的礼服吹干。要是他的速度能赶上我，可以跟我一起去。”西风痛快地回答。

哈珀听了西风的话，喜出望外，立即从屋子走出来。

“快点吧，如果你想和我一起去，那就快点出发吧！”

西风边说边呼啸着飞了出去，以极快的速度越过原

野、河流和崇山峻岭。哈珀穿着长筒靴，毫不费力地跟着西风飞上天空。突然，西风扭头对哈珀说：

“我刚想起来，不能带你去幻想城了。我必须先到那边去折几根树枝，再去吹干礼服。我可以为你指路。你顺着这条河往前游，会遇到几个洗衣服的姑娘。那时你离幻想城就很近了，你向姑娘问一下路就行。”

西风飞走了，于是哈珀照西风的话向前游去。不久，果然遇到了洗衣服的姑娘。姑娘们问哈珀：

“西风要负责把结婚的礼服吹干，它去哪儿了？怎么不见它来？”

“西风说，它需要折些树枝，过一会儿就来。”

哈珀向她们问路，善良的姑娘们为他指了路。于是，他直奔幻想城而去。城里一副繁华热闹的景象，到处都人来人往。

在之前经过森林的时候，树枝刮破了哈珀的衣服，现在的他衣衫褴褛，所以，他在那场婚礼举行之前，一直不敢出去见人。

终于到了举行婚礼的日子，新娘、新郎还有证婚人和来宾齐聚一堂，一派喜气洋洋的景象。哈珀也混在宾客里面，在大家敬酒时，他把手上戴的戒指取下，请侍女帮忙送给新娘。

原来，新娘就是三姐妹中的小妹妹。新娘一看戒指，

点评

读到这里，你会不会在心里责怪西风？它说好要带哈珀去幻想城，中途却突然变卦，真不守信用。不过呢，西风也有西风的难处，请大家耐心阅读。

点评

这句话绘声绘色地再现了哈珀的落魄形象，让读者如见其人。同时，也表现了这一过程的艰辛。

点评

此处的动作描写和语言描写，写出了新娘急于表达自己真实意愿的心情。

认出那是自己在草地上为哈珀戴上的那枚。她立刻从座位上站了起来，说：

“我应该嫁的人，并不是站在我身边的新郎，而应该是曾经救我性命的人。”

“没错，没错，这话有道理。”大家纷纷表示赞同。

此时，哈珀心想，要是自己穿着礼服就好了。转瞬之间，他的衣服已经变成新郎礼服了。

“这是我真正要嫁的人！”

小妹妹在宾客中发现了哈珀，把他带到众人面前。哈珀和姑娘终于顺利成婚。

我的笔记

延伸思考

哈珀是一个不安心干活儿的人，但他富有冒险精神，读完这个故事，你能说出他与中国民间故事中的人物形象有哪些不同吗？

我的收获

在欧洲民间故事和中国民间故事中，守信重诺都是得到褒扬的价值观，我们也应该从一些日常小事中培养这种美德。

神奇的镰刀

文前小问号

这把镰刀除了锋利之外，还有什么神奇之处?

从前，有一个年轻人，他的家在小岛的南部，每天他都要到岛的北部去割干草。一天，年轻人正在赶路，突然间，气温骤降，岛上起雾了，还下起鹅毛大雪来。年轻人在浓雾中迷失了方向，实在是赶不了路了。他只好停下来，搭了一座帐篷，想在里面休息一会儿。他刚拿出干粮，帐篷里就进来一只瘦骨嶙峋的红毛狗。

年轻人十分惊讶，他没想到在这样的地方，竟然会出现一只模样怪异的狗。虽然狗的模样不讨人喜欢，不过，年轻人觉得它太瘦了，实在是可怜，就把自己的干粮分给了它，狗狼吞虎咽地吃完食物，就离开了帐篷。

字词释义

骤（zhòu）降：突然、急速下降。

点评

因为狗太瘦而可怜它，把自己的干粮分给它吃，说明这个年轻人真的很有爱心和同情心。

点评

在民间故事和童话中，有很多这种奇怪的梦。这些梦最后都能成真，是故事发展的重要推动因素。

吃完饭后，年轻人就躺在帐篷里睡着了。他做了一个奇怪的梦。梦中有个姑娘来到他的身边，年轻人热情地招待了她。姑娘给了他一份礼物作为报答，他定睛一看，礼物是一把割草用的旧镰刀。姑娘说这把镰刀十分锋利，它能割断这世上的任何东西。姑娘还提醒年轻人，说镰刀只能用石头磨，万万不可遇上火。

第二天早晨，年轻人从睡梦中醒来，此时阳光普照，浓雾早已消散了。他开始收拾行李，准备继续上路。神奇的是，在他收拾行李的过程中，他真的在枕边发现一把生锈的镰刀。

这太神奇了，年轻人马上想起自己做的梦。于是他仔细地把刀收好，带着它一起出发了。从此，他好像受到了幸运女神的眷顾，一路上没出一点差错，顺顺当当地抵达岛北部的村庄。

他终于来到了目的地。可是这时那些富人家已经雇好了割干草的工人。因此，没有人愿意雇年轻人干活。

点评

这把神奇的镰刀的割草速度能不能达到老婆婆的要求呢？想必年轻人已跃跃欲试了。

这时，他偶然听说有一位老婆婆家里还需要割干草的工人。大家都说，这位老婆婆虽然富有，但是十分小气，她雇人干一个星期的活儿，要求割的干草量很大，是别人家的几倍，一旦工人完不成这个工作量，就拿不到一分钱。

虽然他觉得老婆婆的要求有些难为人，但是没有办法找别的雇主了，也只能到这位老婆婆家中去问问能否雇自己割干草。果然，正如他听闻的那样，老婆婆用亲切的口吻对他说：

“我可以雇你，让你在我这里割一个星期的干草。但是，一个星期之后，如果你割下的草达不到我规定的量，就一分钱也别想拿到。”

“这要求真是严苛啊。”年轻人心想。他顾不上担忧，马上带着镰刀去割草了。

他拿出那把凭空出现的旧镰刀试了一下，果然如梦中姑娘所说，镰刀十分锋利。他连续割了五天，没有磨过一次刀，割草的速度也没有慢下来。

虽然老婆婆要求很严格，但是对人很和蔼，年轻人也很感激她。一天，在老婆婆的小屋里，年轻人看到许多镰刀和镰刀把，比一般人家里准备的工具多了好几倍。年轻人对此也非常赞叹。

在忙碌的工作中，日子很快过去了。到了星期五晚上，年轻人又做了一个梦，梦里他再次见到了那个奇怪的姑娘。这次，姑娘又对他说：

“虽然你割的干草已经很多了，但是你的主人认为你的成果实在是微不足道。明天，如果你割草的速度赶不上主人收草的速度，你就会被解雇。所以，如果你想

点评

这几个关联词写出了年轻人的无奈。试着用“虽然……但是……只能……”写一段话，这样可以锻炼你驾驭语言的能力。

语言描写

与之前的传言一样，这段话写出了老婆婆刻薄的性格。

要割得更快，就要去那间放工具的小屋，把大一些的镰刀装在镰刀把上，然后再去草场，到时一切都会如你所愿。”

说完这些话，姑娘就消失不见了，年轻人也立刻从梦里醒来了。他马上站起来去草原割草。到了早晨，老婆婆带着大耙子来到草场上，对年轻人说：“年轻人，你以为自己割得很快，对吧？”

然后，老婆婆就开始收草了，她收草的速度相当快。大耙子从四面八方把草搂过来，老婆婆麻利地把这些草捆起来。

字词释义

耙（pá）子：是一种聚拢和散开柴草、谷物或平整土地的农具。

快到傍晚了，此时年轻人割草的速度已经明显落后于收草的速度。于是年轻人飞快来到放工具的小屋，从里面取出几把最大的镰刀，把它们安在镰刀把上，然后又快速回到割草的地方。

神奇的一幕发生了——不用人挥动，大镰刀便自己割起草来，速度快得出奇。老婆婆收草的速度渐渐被落下了，镰刀割下的草怎么都收不完，堆积在一起。到了收工的时候，老婆婆停了下来，对年轻人说：

点评

梦中那个姑娘的预言果然应验了，看来姑娘不是普通人。年轻人也非常幸运，他的善良得到了回报。

“啊！一起回去吧！我从未见过这样快的割草速度，太让人满意了。要是可以的话，多在我这里干几天吧！”

就这样，年轻人留下来。他干活非常卖力，与老婆

婆的关系也十分融洽。不久，年轻人做完了割草的工作，带着老婆婆付的一大笔钱回了家。到了第二年割草的季节，年轻人又为老婆婆做起割草的工作，然后又带着丰厚的报酬回了家。

后来，年轻人赚的钱越来越多，他把钱积攒起来，买了座南方的小岛，成了岛主。他勤劳能干，种田打鱼样样在行，所以他成了一个富有的农民。每当割干草时，他总是独自一人工作，借助梦中姑娘送他的镰刀，他总是能很快割完。

一年夏天，他出海打鱼，离开了家门。这时，隔壁邻居的镰刀断了，来向他的妻子借一把镰刀用用。女主人在家里翻来找去，只发现了一把锈迹斑斑的旧镰刀，就只好把它借了出去。在借出镰刀的时候，她反复嘱咐：

“千万不能让这把镰刀遇上火！”

邻居保证绝对不会让镰刀碰火，女主人就把镰刀借给了他。

但是，邻居用这把镰刀割麦子时，刀刃却一点都不吃劲儿，一根麦秆都割不了。原来，因为他不是镰刀承认的主人，所以根本无法发挥它的作用。

邻居并不知道这事，他把镰刀在石头上磨了一遍又一遍，还是割不动。接着，邻居把镰刀带到工具屋

字词释义

融洽（qià）：彼此感情非常好，没有隔阂和抵触。多用于形容人际关系。

字词释义

锈迹斑斑：铜、铁等金属生锈形成了很多斑点。

语言描写

表现出说话人的恳切之情。在故事发展中，如果某件事情被多次、反复强调，最后通常都会走上反面。

里去，先是用力地敲打了一番，然后又准备用火烧一下。可是，镰刀一遇到火就熔化了，最后只留下一堆灰烬。

邻居吃惊极了，他把这件事告诉了年轻人的妻子。妻子听说之后，十分后悔把镰刀借出去。丈夫回家后，听了这件事，气得火冒三丈。但是，不管他多么生气都没用，镰刀已经不可能恢复成原来的样子了。

字词释义

火冒三丈：形容愤怒到极点。

点评

悲剧性结尾，给读者留下无限遗憾。这种结尾的故事，往往令读者念念不忘。

我的笔记

延伸思考

假如悲剧性结尾让你惋惜，无法接受，请你为本故事重新写一个你觉得更满意的结尾。

我的收获

这个故事让我觉得，有些悲剧真是防不胜防，所以，我们说话做事要慎之又慎。

玛杜拉与西格莉德

？文前小问号

玛杜拉和西格莉德是什么关系？她们之间发生了什么？

很久以前，在一座海滨城市里，一对公爵夫妇结婚多年，却还是没有孩子。两人的年纪越来越大，他们俩十分希望家里能有一个孩子。

有一天，夫人意外发现自己怀上了孩子。公爵夫妇都欣喜若狂，对这个即将到来的孩子充满了期待。

一天，公爵夫人在散步途中突然觉得十分困倦，就躺在花园里的草地上休息，最后竟然在不知不觉中睡着了。这时，她做了一个噩梦。梦里出现了三个穿黑衣服的仙女，其中一个看上去年纪最大的仙女说道：

点评

很久以前，在某某地方，有什么人发生了什么事，是民间故事和童话等文学作品的经典开场方式。本故事的独特之处在于一开始就设置了悬念：为何公爵夫妇结婚多年没有孩子？他们十分希望有一个孩子，那这个愿望能实现吗？

“你肚子里是一个女儿。在给孩子命名的宴会上，你一定要邀请我们三个出席，因为只有我们有资格做这孩子的教亲，如果我们没有被邀请的话，厄运就会降临在这孩子身上。”

听了仙女的话，公爵夫人十分震惊，猛然间醒了过来。但是仙女们的叮嘱依然回荡在她耳边。

过了不久，公爵夫人真的生下一个女孩。之后，命名仪式的宴会也开始操办起来。公爵夫人始终记着那个奇异而不祥的梦，她决定遵从仙女的话，邀请那三位黑衣仙女参加宴会。

她吩咐下人，摆放宴会桌椅时，一定要留出三个座位给仙女。可是，摆桌子的人粗心大意，只预留了两个座位。当时，谁也没有注意到这个差错。

点评

谁能想到，只是少留了一个座位，日后就给公爵家带来厄运！可是生活往往就是这样，一个微不足道的细节有可能成就大事，也可能酿成大祸。

到了宴会的日子，身份尊贵的客人们都从四面八方陆陆续续赶来了，一时间场面十分热闹，欢乐的氛围感染了每一个人。

大家举杯畅饮，载歌载舞，享用着美味食物。突然，大门自动打开，刺骨的寒风侵入宴会大厅，公爵夫人梦里的三位黑衣仙女真的来了。年纪最大的那位仙女坐到座位上，说：

细节描写

门自动打开，寒风吹进来，都让人毛骨悚然。

“好啊！公爵夫人没有忘记我的话。我来给孩子命名，这孩子就叫玛杜拉吧！她未来会成为一个倾国倾城

的美人。”

第二个仙女也坐到座位上，说：

“玛杜拉流下的眼泪会变成金粒，这是我赐予她的礼物。”

夫人还没来得及道谢，第三个仙女已经愤怒地骂道：

“这里竟然没有我的座位！我要诅咒这个女孩，作为你们怠慢我的惩罚！厄运将降临在玛杜拉身上。她将在新婚之夜的十二点，化作一只海豹。”

语言描写

稍被怠慢，第三个仙女就如此嗔恨、报复，施以魔咒，真是太不应该了。我们千万不要做这样的人，要做个宽容、善良的人。

听到这恶毒的诅咒，公爵夫人失声痛哭。这时，第一位落座的仙女安慰她说：

“公爵夫人，请不要难过了。凡是恶毒的诅咒，都会有解救的办法。这个诅咒也是一样。如果能找出一个和她非常像的人，这人能在祭火节的夜里自愿帮助玛杜拉，诅咒就不会实现，玛杜拉就能逃过一劫。”

仙女的话说完，大家才回过神来。他们定睛一看，来命名的仙女早就消失不见了，只是大厅里的空气还是让人不寒而栗。

字词释义

祭火节：一种视火为万物之灵的神秘庆典。

不寒而栗（lì）：由恐惧心理引起的颤抖。

虽然发生了这样的意外，但事情很快就过去了。人们并不太在乎这件事，又转身投入到宴会之中。气氛又重新热烈起来。公爵夫人却因为这个诅咒变得十分不安，这关乎她心爱的女儿，她害怕极了。

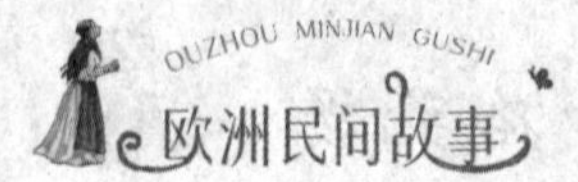

后来，玛杜拉一天天长大了，正如第一个仙女所说，她是大家公认的美人。同时，第二个仙女的预言也实现了，玛杜拉每当喜悦或忧伤时，流下的眼泪都会变成金粒。

玛杜拉备受公爵夫妇的宠爱，她生活得很快乐。但是随着玛杜拉的长大，她的父母越发感到不安，他们害怕那个恶毒的诅咒真的会应验。

忧心忡忡的公爵独自骑马出了门，他翻过崇山峻岭，跨过广阔的平原，来到一个野菊花遍地的地方，在一个又一个村子里挨家挨户地打听。

字词释义

崇（chóng）山峻（jùn）岭：形容高大而陡峭的山。

一天，他来到一个偏僻的村子里。他在一所破旧不堪的屋子里找到了自己想找的人，那是一位容貌酷似玛杜拉的少女，她叫西格莉德。西格莉德虽然年纪小，但是心地善良，勇气可嘉。公爵向她说明自己女儿的困境，请她出手相助，热心的她决定帮助公爵一家人，跟着公爵来到城里。

人物描写

此句语言简洁质朴，“心地善良”和“勇气可嘉”都是本故事发展最需要的品格。

到了公爵府，西格莉德和玛杜拉终日待在一起。不多久，两人的关系变得非常亲密，她们什么事都要一起做，几乎形影不离。随着时间的流逝，外人也越来越难分清她们。她们的容貌、行为举止几乎一模一样，只是她们的眼泪有所不同，玛杜拉的眼泪会变成金粒，这是她超乎常人的地方。

时光飞逝，两人都长大成人。厄运也离玛杜拉越来越近了。两个姑娘太受欢迎了，城中每天都有大堆的男人排着队向玛杜拉和西格莉德求婚。公爵平等地对待两个姑娘，宠爱着她们。但是有一点，公爵一定要让玛杜拉先结婚。当然，大家也认为应该如此。

这个国家的王子再三向玛杜拉求婚。王子长得英俊潇洒，对玛杜拉痴心一片。玛杜拉心动了，这位金发碧眼的王子是她最喜欢的人。而西格莉德还不想结婚，面对众多追求者的求婚，她一笑置之，并不在乎。

不久，玛杜拉和王子马上要结婚了。就在婚礼的前夜，公爵问西格莉德：

“西格莉德，你爱玛杜拉吗？”

“我爱她就像爱我的生命一样。”

西格莉德说的都是真心话。

“你愿不愿意帮助她？”

“当然愿意。”

在弄清西格莉德的真实想法后，公爵向她坦白了玛杜拉受到的诅咒。公爵说道：

“如果诅咒应验，玛杜拉就会在新婚之夜变成海豹，而这个世上只有你才能解救玛杜拉。”

“我非常愿意帮助玛杜拉。不过，我应该怎样做？”

点评

西格莉德心甘情愿地帮助玛杜拉，公爵也非常宠爱她，真心换来了真心。

语言描写

这段人物对话描写非常精彩。为了使文章生动、活泼，我们在记叙人物时，要写好人物对话。如何写好人物对话呢？通过这段，我们得到这样的启发：一是语言要符合人物的身份和个性；二是语言要有感情色彩。“我爱她就像爱我的生命一样。”这话情真意切，打动人心。

"对此我早有打算。你们两人容貌一模一样，谁也分不清。因此，在明天举行婚礼仪式之后，趁仙女的诅咒还未应验，我们就让玛杜拉藏起来，那时请你扮作玛杜拉就行了。"

"但是，这个办法能使玛杜拉得救吗？"西格莉德还是疑虑重重。

"时间紧急，只有这个办法了。明天是祭火节，只有在这个晚上，玛杜拉才能得到解救。"

点评

很多故事都是这样，要求在非常紧急的限定时间内去完成某件极难的事，这会使故事情节非常紧张，同时，也增加了故事的感染力和可读性。

第二天，玛杜拉与王子在城中举行了盛大的婚礼，而到了夜里，西格莉德秘密地替换了玛杜拉。于是，王子牵着西格莉德的手出席了宴会，而玛杜拉则藏在一个隐秘的房间里。

随着夜色渐深，宾客们陆陆续续地离开了，大厅里只留下一对新人。接着，新郎打趣新娘说：

"你们两个真是一模一样！现在的你到底是谁？我也分辨不出了！"

西格莉德决心要扮演得天衣无缝，而王子并不明白她的心思。

字词释义

天衣无缝：这个成语源自神话传说，本意是指仙女的衣服没有衣缝。比喻事物周密完善，找不出什么毛病。

"喂，你到底是谁？是玛杜拉，还是西格莉德？"

"我是新娘啊！"

"不管你是谁，我总有分清的方法。对，请你流一滴金泪让我看看吧！"

这话让西格莉德不知所措。她努力控制住紧张的心跳，让自己的表情更自然些，说道：

“金泪不是轻易落下来的，我现在哭不出来。你先不要着急，让我一个人静一静。一会儿，我肯定会流着金泪来找你。”

> **点评**
> 西格莉德说这番话是缓兵之计，为自己争取时间。

于是王子暂时走开了。

王子离开之后，西格莉德匆忙奔向玛杜拉躲藏的地方。还未见到玛杜拉，顶楼的钟便敲响了。

大事不妙，已经到十二点钟啦！

西格莉德在心里默念：

“一，二，三，……五……十，十一，十二，啊，是十二点了！”

十二下钟声响过，一瞬间，所有的光亮都消失了，整座城都暗了下来。人们只听到波涛汹涌的声音，像是身处一片海域。不久，城里又恢复了光明。这时，西格莉德已来到玛杜拉藏身的地方。

> **场景描写**
> 场景描写能给读者声势浩大的感觉。这段话用词精准，所以特别有代入感。比如“一瞬间”引起了读者的紧张，“人们只听到波涛汹涌的声音，像是身处一片海域”又引起了读者的共情。

这时，西格莉德惊呆了，玛杜拉竟然不见了！

窗外有一条通向海洋的河流。西格莉德从窗口一跃而下，顺着河流去寻找玛杜拉。她越走越远，最后听到了波浪拍击的声响。她赶紧来到高处，向远方眺望，她发现海岸上有一群圆头圆脑的动物，它们正趴在被白雪覆盖的石堆里。

她壮着胆子，走到了海边，发现那些圆滚滚的动物全都是海豹。海豹们也看见了西格莉德，它们龇着牙朝西格莉德爬了过来，一副凶神恶煞的样子。

这时，西格莉德发现，在一大群海豹后面，还有一头海豹孤单地趴在那里。她仔细观察，发现那头海豹的眼角处有亮闪闪的东西坠落下来。

于是，西格莉德立即将危险抛在脑后，奔向了那头不同寻常的海豹。这些海豹开始攻击西格莉德。在海豹凶猛的进攻下，西格莉德已经遍体鳞伤，但她毫不在乎，还是拼命地奔向那头海豹。

有两头大海豹拦在了西格莉德前面，这时她已经没有力气反抗了。她全身虚弱无力，不由自主地摇晃着，但她还是执意向前。最后，她终于来到那头孤零零的海豹面前，和它相拥。那头海豹流出了眼泪，一颗颗金粒坠落下来。之后，西格莉德昏倒了。

等西格莉德醒来时，她已经被带回了城里，躺在自己的床上了。众人都围坐在她的床边，关心着她，玛杜拉也陪在她的身边。西格莉德庆幸极了，自己终于救回了玛杜拉。

大家都称赞西格莉德的勇敢，真心地感谢她的努力。由于西格莉德的功劳，仙女的诅咒被解除了，玛杜拉与王子又举行了婚礼，大家都为这对新人送上了祝福，西

字词释义

凶神恶煞(shà)：原指凶恶的神，后用来形容非常凶恶的人。

遍体鳞伤：浑身受伤，伤痕像鱼鳞一样密；形容受伤很重。

场面描写

这段话既表现了西格莉德和海豹搏斗的场面，又表现了西格莉德和玛杜拉相见的场面，非常感人。这得益于这段场面描写的质量，有顺序，有气氛，有主题，为表现人物和突出中心思想而服务。值得我们学习。

格莉德也替玛杜拉感到开心。

延伸思考

本故事的人物对话非常精彩，对比一下，你在写作时，会使用人物对话吗？如果你的人物对话总是很平淡，请对比本文，寻找原因。

我的收获

西格莉德并不是玛杜拉的亲姐妹，还能奋不顾身地去救玛杜拉，真是个了不起的、有仁爱之心的女孩，我们要学习她的无私和勇敢。

我的笔记

智慧石板

文前小问号

我们见过很多石板，尤其是在古镇旅游时，硬邦邦的石板会有什么智慧呢？

点评

故事开端引人入胜，主要得益于环境描写和人物细节描写，非常自然。

在描写人物时，注重细节，具体到她开心时吹奏什么样的曲子，伤心时吹奏什么曲子，给人印象深刻。

很久以前，有一位活泼伶俐的女孩子，名叫梅丹。梅丹喜欢养鹅，后来成了牧羊女。梅丹常常在广阔的草原上放羊，喜欢用吹奏长笛来打发时间。

她开心时，吹奏的曲调明快活泼；她伤心时，吹奏的曲调低沉悲凉。悠扬的笛声一直飘荡在草原的上空。

此时，英国王子要出门远行，去寻找一位勤劳能干、心性善良的姑娘来做自己的妻子。王子骑马离开王宫，在路上遇到了梅丹。

“你好！梅丹，瞧你精力充沛的样子，你可真是能

干呀！”

“这没什么大不了的！你要明白，我早晚会嫁给英国王子，那时候，我的精神会更加饱满，会更加能干！那时，我就和这些朴素的衣服告别啦，会穿上一身华美的裙子！”

“别说傻话了，这种事不可能发生。你怎么会嫁给王子呢？”王子脸上挂着温和的笑容，亲切地说。

“不，我会梦想成真的。”

梅丹根本不知道跟她说话的人就是英国王子。她自信满满，说完话，就继续去放羊了，欢乐的笛声又飘荡在草原上。王子继续赶路。不久，在周边的一个小国，他遇到一个温柔可人的姑娘，他打算一个月后就与姑娘成婚。

“姑娘，我要先回王宫，为结婚操办一些事务。希望在婚礼仪式举行以前，你能来王宫看望我！”

“好的，一定。我肯定会去的。”

王子欢欢喜喜地回到了王宫。不久之后，那姑娘骑马想去王宫看望王子。她经过林间的小路，路过一望无际的草原，也遇见了牧羊女梅丹。

“你好，牧羊的姑娘，你来说说，英国王子是怎样的人？”

“是非常杰出的人。你是要去王宫吗？那么，你听

点评

通过对话制造了冲突和悬念，读者读来不免心想：一个放羊的普通女孩怎么会嫁给王子呢？真是异想天开。然而，就是这种不可思议的事，吸引读者急于阅读下去。

字词释义

温柔可人：一般用来形容女性既温柔又善解人意。你身边有这样的女孩吗？请你用上这个成语，写一段话来描述她。

说过那块智慧石板吗？王宫门口有一块石板，拥有神奇的魔力，只要你踏上那块石板，它就会说出你真实的性格，把全部实情都告诉王子。这块石板说得非常准，一次也没出过差错！”

语言描写
前后有了呼应，使得阅读非常流畅，故事非常有趣。

“哦，你居然知道这么有意思的事！”

姑娘一笑置之，心里并不相信有这回事。她很快抵达王宫，王子亲自出面迎接她。王子笑容灿烂，牵着姑娘的手，准备把她领进王宫里。

姑娘刚踏上王宫门口的石板，石板中就传出威严的声音：

“啊，王子，你不要被姑娘的金发碧眼、精致的裙子所欺骗。这姑娘爱慕虚荣、心口不一。婚姻是大事，你要慎重考虑。这姑娘不合适！”

王子听完石板的劝诫，就打消了和姑娘结婚的主意，并把自己的决定告诉了姑娘，让姑娘回家去。

不久，王子又出门寻找心仪的结婚对象。在路上，王子又遇到了牧羊姑娘梅丹。

字词释义
心仪：本义为内心倾向，多指心中向往、仰慕。比如：他对她心仪已久。

“你好，梅丹，最近过得好吗？”

“我一直过得很好！感谢你的关心。我告诉你，迟早有一天，我会嫁给王子。那时，我的心情会更愉悦，精力多得使不完。再也不穿这身衣服了，我会换上一条美丽的裙子！”

“这件事只是开玩笑吧，不会成真的！”王子用温柔的语气说。

“不，会成真的。”

她自信满满，说完话，就继续去放羊了，欢乐的笛声又响了起来。

王子继续赶路。没多久，他在一个国家遇见一位让他满意的结婚对象。姑娘家庭富足，举止落落大方，心地善良，王子打算下个月就和她举行结婚仪式。

“姑娘，我要一个人先回王宫，为婚礼安排一番。希望在婚礼仪式举行以前，你有空来王宫游览一番！”

“好，没问题。我要先去看看结婚的新房，再去参观一下王宫！”

王子欢欢喜喜地回到王宫。后来，姑娘骑着马去赴王子的邀约。

在路上，她遇见了牧羊姑娘梅丹。

“你好，牧羊的姑娘，请问，英国王子是怎样的人？你能告诉我吗？”

“是非常好的人，你是要去王宫吧？那么，你听说过那块智慧石板吗？王宫门口有一块石板，拥有神奇的魔力，只要你踏上那块石板，它就会告诉王子你真实的性格。这块石板非常聪明，说得很准，一次也没出过差错。”

字词释义

落落大方：指人的言谈举止自然大方。

语言描写

这段话在本文反复出现，用了反复的写作手法。它起到了强调的作用，吸引读者猜测后面的情节。

“是吗？听起来真有趣！”

姑娘只是笑了笑，心里却不以为然。

王子听下人说姑娘来了，立刻赶来迎接，扶她下马，手牵着手把她领到王宫去。王宫的门大开着，姑娘刚踏上门口那块智慧石板，石板中就传出了威严的声音：

“亲爱的王子，你被这位姑娘精致的面容、甜美的嗓音欺骗了。这个性情刻薄的姑娘，会让你失望的。啊，王子，你要擦亮眼睛，认真考虑。这姑娘不适合做你的妻子！”

语言描写

这是来自石板的忠告。它揭穿了姑娘的骗局，也传递了故事的价值观。它告诉我们，内在美才是真正的美。

王子听完石板的话，打消了和姑娘结婚的念头。他彬彬有礼地拒绝了姑娘，让姑娘回家去了。

字词释义

彬彬有礼：彬彬，既有文采又很朴实的样子。表示个人修养和作风的道德用语，形容文雅有礼貌的样子。

郁郁寡欢（yù yùguǎhuān）：形容心里苦闷，闷闷不乐。

两个结婚对象都不过关，使王子灰心丧气。他不愿意再出门寻找新娘了，好长的时间里，一直郁郁寡欢。他想，挑选一个合适的结婚对象真是不容易啊！为什么他遇见的姑娘都徒有其表呢？

尽管如此，王子还是感到太孤独了，于是再次决定外出寻找结婚对象。他走出王宫，又在路上遇到了梅丹。

“你好！梅丹，你最近过得如何？”

“嗯，还不错！感谢你的关心。你要明白，我早晚会嫁给英国王子的。到那时，我的心情会更愉悦，干起活儿来会更有劲；我还会换上一身精致的裙子，再也不

穿这身衣服了！”

“这个梦想大概不会成真的！”王子笑着说。

可是梅丹自信满满地说：

“不，会实现的。”

梅丹说完，又开始守着羊群吹起笛子来，草原上飘荡起悠扬的笛声。王子继续上路了。

在一个遥远的国家里，他终于遇见了一个心仪的姑娘。

同以前一样，王子邀请姑娘在婚礼举行之前到王宫里去参观，他一个人先回王宫去。

过了一段日子，姑娘骑马朝王子的王宫出发。在路上，这位姑娘也碰到了牧羊姑娘梅丹。

“你好，你觉得英国王子是怎样的人？”

梅丹告诉她王子人品极好，同时也把智慧石板的事告诉了她。

这姑娘比前两个姑娘谨慎多了，她耐心地听完梅丹的话，说道：

“我相信你，你说得对。也许就是因为这个原因，前面那两位姑娘没能嫁给王子，只能灰溜溜地回去。”

“肯定是的，那两个姑娘心口不一，徒有其表，智慧石板看穿了她们的本性，才会劝诫王子。”

听了梅丹的话，这个姑娘没有胆子去王宫了，怕自

点评

这里又用到了反复的写作手法。强调了牧羊女梅丹的悠闲、自在与自信。

读书笔记

字词释义

心口不一：心里想的和嘴上说的不一样。形容人的虚伪、诡诈。

己过不了关。

"梅丹，你能帮我个忙吗……咱们把衣服换着穿吧！我来帮你放羊，请你替我去王宫一趟，好吗？"

听说可以去王宫见自己的心上人，梅丹就欢欢喜喜代替姑娘去了。换上那位姑娘的衣服后，梅丹变得非常漂亮，与以前的牧羊女判若两人。她立刻朝王宫出发了。

到了王宫，王子亲自相迎。王子没有料到梅丹会和姑娘交换身份，因此也没发现眼前的人是梅丹。

虽然梅丹一直想嫁给王子，想法一直很大胆，但是真的和自己日思夜想的王子走在一起，心里还是十分紧张。她一直害羞地低着头，也就没有发现面前的王子就是多次和她说话的年轻人。

两人来到王宫门口，梅丹一踏上智慧石板，石板里就传出了威严的声音：

"王子，这是个温柔能干的姑娘。她心地善良、秉性正直，是你难得的良配。她既不贪心，也不刻薄，没有一点坏心思。王子啊！不用再考虑了，马上举行结婚仪式吧，只有这位姑娘才配得上你。"

王子听了这话，十分欣喜。

"我终于找到了合适的结婚对象！她是我千辛万苦才寻到的姑娘，太不容易了。"

字词释义

判若两人：形容某人前后言行明显不一致，像两个人一样。

点评

明明梅丹和王子见过多次，怎么会认不出来呢？注意这里对矛盾的细节处理，独具匠心，自圆其说。这种写作技巧是值得我们学习的，既要制造矛盾和冲突，又要巧解包袱。

王子绅士地牵着梅丹的手，陪她参观这座金碧辉煌的王宫。

他们打算一个月后成婚。王子还要为婚礼安排事务，置办东西，于是他先让未婚妻回去，等举行婚礼时再来。

在分别的时候，王子把一只金戒指悄悄藏进了梅丹的头发里。

> **点评**
>
> 这里的金戒指是伏笔。所谓伏笔，是指文章或文艺作品中，在前段里为后段所做的提示或暗示，是文学创作中叙事的一种手法。上文看似无关紧要的事或者物，对下文将要出现的人物或事件预先做的某种提示或暗示。

梅丹回到放羊的草原上，把自己在王宫里的经历都告诉了那位姑娘，和姑娘换回了衣服。姑娘听说自己能够与王子成婚，她欣喜若狂，满意地回了家。

她扬扬得意，说道："虽然我坏事做尽，但我真是幸运。现在，王子并不知道这些。"

原来这姑娘并不像她表面那么善良，她做过不少恶事。所以，只得请牧羊女和她互换身份去欺骗王子。

> **点评**
>
> 此段是对前面姑娘和梅丹换衣服互换身份的解释，前面换衣服也是伏笔，此处真相大白。

梅丹替她得到智慧石板的认可之后，她终于安心了。一个月的时间很快就过去了，婚礼的一切已经准备就绪。王子准备去姑娘的国家接新娘。在路上，王子又遇见了梅丹。

"你好，梅丹，你的生活还是像以前一样快乐吗？"

"你好，我过得很快乐。谢谢你一直关心我。你要知道，我早晚会嫁给王子的。那时，我将更快乐，更勤

劳。到那时，我再也不穿这身朴素的衣服了，要换上精致的裙子。”

王子突然发现梅丹的头发里有东西在闪烁着奇异的光彩，他上前细细观察：“梅丹，是天上的星星落在你头发里，还是太阳的金光洒到你头上了？”王子语气温柔，接着就伸手去摘那闪亮的东西。那东西原来是他的金戒指！王子十分诧异，不过他没有问梅丹。王子一个人思来想去，终于想通了，自言自语道：

“这真奇怪啊！梅丹的头发里怎么会有我留下的金戒指呢？对啦！一定是梅丹踏上了那块石板！”

于是，王子决定迎娶勤劳善良、秉性正直的梅丹。盛大的结婚仪式马上要开始了，牧羊女梅丹坚信她会嫁给英国王子，要换一身精致的裙子，她的梦想马上都要成真了。

语言描写

这样的语言温柔、细腻又浪漫，写出了王子的涵养和深情。

字词释义

秉（bǐng）性：意思是本性，先天的性格和性情。

我的笔记

延伸思考

梅丹为什么最后能梦想成真？是哪些品质让她得到了心上人？

我的收获

谎言虽能瞒得了一时，但最终会被识破。要想获得理想的生活，就要勤恳踏实。

兰顿和蛇

文前小问号

兰顿和蛇是什么关系？他们之间会发生什么故事？

很久很久以前，有一个名叫兰顿的少年，他住在高大宏伟的石头房子里，那房子被人称作“兰顿大厦”。

兰顿品行不好，自私自利，凡事不管不顾，只会为自己考虑。他做事随心所欲，经常用一些古怪的方法戏弄别人，大家都很厌恶他。兰顿的父亲与他不同，是一个善良的人。对那些没有生活来源的穷人，他都照顾有加，平等相待。

父亲看见儿子的样子，很担心：“哎，我去世之后，这里人的日子就不会好过了，兰顿不会善待他们的。”

当地人的习俗是在星期天去教堂做礼拜，可是兰顿

对比

对比是指描绘两种相异或相反的事物、情况，将其特征鲜明地展示出来，以便互相对照、映衬，并在这种对照、映衬中反映出事物的本质，透露出作者的倾向、评价和思想感情。兰顿的自私和父亲的慈善形成了巨大反差。

从不遵守这个习俗。在去教堂的必经之路，人们常常看到兰顿在河边垂钓。他经常一坐就大半天，可连一条小鱼也钓不上来。这让兰顿大为恼火，不断地骂脏话。

妈妈们告诉自己的孩子："兰顿又骂脏话了，千万别跟他学，离他远一点儿！"而且，兰顿发脾气的时候，面目狰狞，孩子们觉得十分可怕。所以，孩子们都躲着兰顿走。

语言描写

从侧面描写兰顿行为的恶劣和遭人讨厌。虽然说的是别人，但目的也是为了表现兰顿。

在一个星期天，兰顿又大发脾气，邻居们觉得他太吵了，但又怕他，不敢与他理论，纷纷躲到教堂里寻求安宁。

有一位老人说："要是他继续发脾气，肯定是没钓到鱼。一些倒霉事将要发生在他身上喽！"他接着说："孩子们，千万不能学他，别听他讲的那些所谓的'道理'。"

去教堂躲避的人依旧络绎不绝。兰顿又把鱼竿抛到河里，不久，他想收回鱼竿，但怎么也收不回。鱼钩不知挂在什么东西上了，实在太重，兰顿根本提不起来。兰顿对着水下说："你，不论是什么东西，立刻给我现身！我以魔鬼的名义命令你，立刻现身！否则有你好看！"

字词释义

络绎不绝（luò yìbùjué）：形容行人、车马来来往往，接连不断。

话音刚落，有一个奇形怪状的东西出现在水面上。兰顿从小到大还未见过这种东西。这东西又细又长，竟然是一条蛇！它的脑袋十分难看，眼睛是黄色的，看起

外貌描写

描写了蛇丑陋、肮脏、令人生厌的样子。

来阴森森的，而且浑身上下散发着恶臭。

兰顿竭尽全力，终于把它拖上了岸。随即，它迅速朝兰顿爬过来，到了兰顿面前，把他吓了一跳。他还来不及做什么，就听见一个陌生的声音在对他说话。之后，有一个陌生的慈祥的老人出现在他身后。

那老人说："年轻人，你犯下了弥天大错！你父亲会对你失望，这里的人也会恨你，灾祸马上就要发生在你身上。今后，你会一直回想起这一天。回想起你做的错事。你不会开心的，你会牢牢记得这一天。现在没人能帮你啦，你就等待灾难的降临吧。"

当老人说话时，兰顿根本不予理会，他抓起石头砸那条蛇，想把它撵走。"给我滚！"他叫嚷道，"滚到别处去！"

"兰顿，你赶不走它，它不可能离开的。"老人说，"你以魔鬼的名义将它招来，它出现了，这就是你的厄运！"

那老人说完这些话就离开了。兰顿也不搭理他，又拿起石块砸那条蛇。可是，无论如何蛇都不肯离开。

同时，它还越变越大，模样也更难看了。最后，蛇掉进一个满是积水的洞穴里。

"真好！"兰顿欢呼，"这条蛇终于消失不见了，我再也不想看见这玩意儿啦。"

字词释义

竭尽全力：用尽全部的力量，形容做出最大努力。

弥（mí）天大错：弥天，满天。形容很大的错误。

行为描写

通过这些行为，可见兰顿的傲慢、固执与暴戾。这样的性格必然会为他带来厄运。在这个故事中，兰顿的性格前后发生了变化，你可以找一找变化的轨迹。

字词释义

毫无顾忌：意指对违反道德的行为丝毫没有反感或犹豫，或不考虑对人对事情的利害关系，没有顾虑。

场面描写

本段描写了大蛇为非作歹、祸害当地百姓的悲惨景象。

自此之后，兰顿的行为举止变好了。不过他还是很懒，喜欢闲在家里。他对父亲比以前要有礼貌得多，也不愿意去钓鱼了。现在人们可以毫无顾忌地从河边走过，人们再也听不到兰顿说脏话了。

一年过去了，那条蛇变得十分粗壮，那个洞穴已经住不下它了，它只得从洞里爬了出来，来到河滩上。后来它又想回到河里。它个头虽然不小，但是速度是从前的数倍。很快，它就回到了以前待的河里。

这条蛇身体巨大，胃口也更大了，河里的小鱼小虾已经喂不饱它了。

于是当地的穷人就遭殃了。那条大蛇白天栖息在河里的一块巨石上，夜里就从水里钻出来，拖着硕大的身躯，顺着草地爬，所到之处，鸡犬不宁。它先是吃当地人养的鸡鸭，后来又把草地上的牛羊当作捕猎的目标。牛羊看到大蛇，就撒开蹄子狂奔。有的牛羊在逃跑途中，失足掉下山摔死了；有的牛羊速度比不过大蛇，就被活生生地吞了下去。

当地没人有胆量靠近那条大蛇，人人都害怕不已。一干完田里的活儿，人们就立即返回自己家里。在夜里，也没有人敢走出家门。“麻利点儿！”人们互相提醒道，“马上天就黑了，咱们赶快回家去，蟒蛇快出来觅食了。如果留在外面，大蛇就会吞掉咱们。”

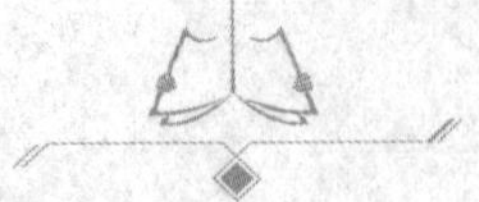

为了防大蛇，人们在田边上筑起了数尺之高的围墙，想靠它保护家畜。但是这个办法没有成功，墙再高，大蛇也能越过去。牲畜的数量还是每天在减少。

后来，兰顿明白了他犯下的罪过，于是就向教堂里的牧师忏悔自己做过的错事。“星期天我常在河边钓鱼，”他说，“每次钓不上来鱼，我就大发脾气，骂一些脏话。那里是去教堂的必经之路，我还总是喜欢用刁钻古怪的方法戏弄路人，让他们恼火。大家都知道，我骂了很多脏话。我忏悔，我是一个品行不端的人。”

“你说得对，”牧师们说，“你以前的行为的确不对。我们认为，在我们之中，一定有一个十恶不赦的罪人，这条蛇才会来到咱们这儿祸害四方。”

“那条蛇是我召唤出来的，”兰顿说，“那个星期天，我钓鱼的时候，钓到一个沉甸甸的东西，根本提不动鱼竿，我就说，‘我以魔鬼之名命令你，给我现身’，它真的从水里钻了出来，是一条丑陋的小蛇。可是很快，它就变得越来越大，现在还会吞食牛羊。夜里，大家都不敢外出了。我们要怎么做？牧师，求你告诉我，我该如何是好？”

好长的时间里，谁都无法解答兰顿的疑惑。后来，有一位牧师说：“你必须离开这里，到一个遥远的地方去。那条蛇是为你而来，它找不到你，就会离开，这样我们

字词释义

忏悔（chàn）：形容人认识到过去的错误，心生悔意，决心改正。

十恶不赦(shè)：形容罪大恶极，不可饶恕。

语言描写

被生活狠狠地教训过后，兰顿终于诚实了，有了忏悔之心。从这段话中，可以看出兰顿的无助和懊悔。

就能摆脱这条蛇了。”

兰顿觉得老人说得对，于是就与父亲告别，离开了家乡。一晃，整整七年过去了，在这些年里，他一直没回来，不知道家乡有什么变化，发生了什么。

但是老人说的话并没有成为现实。事实上，在他的家乡，事情变得越发不可收拾——那条大蛇不但没有回到河里去，反而变得更加庞大，而且气焰越发嚣张，不仅在白天活动，还越过草地，进到别人家中。甚至，它还到过兰顿大厦。自从兰顿离开家后，兰顿的父亲就和两三个仆人住在兰顿大厦里。

有一天，那大蛇出现在大厦，朝着厨房蹿去。待在厨房里的无辜仆人，吓得要死，也无路可逃。

“哎呀，快逃跑吧，”一个女仆说，“可也不好逃呀。如果从大门逃，就会直接进入蛇口；要是从楼上窗户向外逃，它又会从窗口伸进头来，同样可以伤人。”

一个老仆人很有胆识，他紧紧盯着那条大蛇，说：“大蛇！别人都怕你，我可不怕。你为什么到这里来？你想要什么东西呀？”

那蛇用阴森森的目光看着老人。

“你想干什么呀？”那老人说，“滚开，我知道你想要的东西。但是，现在请你离开这里！”

奇怪的是，大蛇真的听话地离开了。虽然蛇带来

点评

破折号在这里的作用是解释说明。破折号后面的内容都是在解释事情是如何变得不可收拾的。

字词释义

嚣（xiāo）张：放肆、傲慢。

神态描写

蛇阴森森的眼神传递出它内心的狠毒与凶残。

的恶臭气味没有完全消失，但是大家都听到蛇爬行时的怪声越来越远了。老人绞尽脑汁，想弄明白蛇到底想要什么。

“它是来找食物的，”老人说，“我看呀，它是想要牛奶，牛奶是蛇最爱的食物了。明天，我们都帮忙挤一些牛奶，再把牛奶倒在屋外的大石缸里。”

第二天，屋外的那口大石缸装满了牛奶。大蛇又来了，它爬行的声音不停地传到人们的耳中，空气中还有一股难闻的气味。很快，他们就亲眼看到了那条蛇。大蛇从窗口探进头，发现了那缸牛奶，真的爬到那边，把牛奶喝了个精光。喝光以后，大蛇就离开了，回到了河里。

就这样，老仆人救了兰顿大厦和兰顿的父亲，但他没有能力帮助所有的当地人。大蛇每天都准时出现在兰顿大厦前，喝光为它准备好的牛奶。可是牛奶也填不饱它的肚子，它还要去抓人们养的鸡鸭牛羊来吃。

奶牛越来越少了，挤下的牛奶也越来越少。老仆人说：“照这样下去，牛奶迟早会没的，到时大蛇就会把我们和兰顿的父亲老兰顿当食物吃了。老兰顿现在身体不好了，不知道兰顿什么时候才会回家啊。”

过了一年又一年，因为大蛇的存在，很多人连饭都吃不上了，他们只好离开家乡。现在，这里只剩下了很

字词释义

绞尽脑汁（jiǎo jìnnǎozhī）：形容处心积虑，想尽一切办法，费尽心思去思考一件事情。

读书笔记

点评

这一切呼唤都在为兰顿不久后的回归做铺垫。

少的人。他们说："日子真是难过啊，那条大蛇找不到食物，迟早会离开的。也许兰顿回来能杀掉它，可是他什么时候会回来啊？"

时隔七年，兰顿返回了家乡。在离家不远的地方，他遇到一个男人，那人正准备逃走。

他问那个人："你要去哪儿？"

男人回答说："我要离开这里，到外乡去。"

"为什么要离开呢？"

"因为这个地方有大蛇，把这里祸害得民不聊生，我要去外面谋生了。"

"大蛇竟然还在这里？当年，牧师对我说：'如果你离开家乡，那蛇就离开的。'我相信了他，然后才离开家乡。"

"你就是兰顿吗？"男人问道。

"是的。"

"那我不离开啦，我要待在这里。你肯定能赶走那条蛇，我们全都盼望着你回来赶走那条蛇。"

"我父亲还健在吗？"

"他尚在人世，但他生了很重的病。"

兰顿返回家中，见到了父亲，说："父亲，我从外面回来了。牧师曾让我在外面待够七年。他说：'你要是待在别处七年，那条蛇就离开了。'但是，那蛇现在还

点评

时隔多年返回家乡，兰顿此时此刻的心情会是怎样的呢？请仔细感受并简单描述一下。

字词释义

民不聊生：老百姓无以为生，活不下去。

字词释义

健在：（多指年老的人）健康地活着。

在这里，因此我必须解决它，不然，就让它把我吞下肚去吧。”

“好孩子，你终于回来了，我真是开心呀！现在我生了重病，很想见到你。”兰顿的父亲继续说，“你说你要解决那条大蛇，可是，你有什么办法呢？”

语言描写 通过语言直抒胸臆，表达了父亲对兰顿的思念之情。

那老仆人在旁边出主意说：“有一个住在山洞里的巫婆，她巫术高超，我想，也许她知道杀死大蛇的方法。”

于是，兰顿上山找到巫婆，对巫婆说：“我必须解决那条大蛇。如果我成功了，就可以拯救当地人民；如果我失败了，被它吞了的话，它也会离开我的家乡。现在我想问您，有什么方法可以杀死那条蛇呢？”

语言描写 面对危险，迎难而上，即使牺牲也在所不惜，这段话表现了归来后的兰顿的勇气和担当。

巫婆说：“你需要一把锋利的斧头，还必须用铁打造一件衣服，衣服外面要布满一层尖锐的铁刺。这些铁刺可以帮助你。当大蛇缠住你的身体时，铁刺会刺伤它，然后你再用斧头砍掉它的头。”

“好的，我会准备一件布满铁刺的衣服，但在这之后，我该怎么办呢？”

语言描写 通过这样的语言，我们可以发现兰顿比以前乖了很多，能认真听从别人的建议，也更有耐心了。

“你去河里的石头上找它。当它饱餐一顿后，就会在河里的石头上睡觉；但是，它一发现你，就会奔着你来，想要吞掉你。到时候，不是你死就是它亡。”

“我一定按您的吩咐做，”兰顿说，“杀掉大蛇后，

我还要做什么吗？”

“是的，还需要做一些事。”那巫婆说，“还有一件非常棘手的事情，如果你需要我的巫术帮忙的话，那是必须要做的事情。”

字词释义

棘手（jíshǒu）：像荆棘一样刺手，比喻事情难办。

“需要做什么？我一定照办。”

“在你杀死大蛇回家时，你看到的第一个活物必须得死，否则，那大蛇会复活的。”

语言描写

制造矛盾冲突，凸显故事的悲剧气氛，也为故事结尾做铺垫。

兰顿说：“我家里有一条名为费多的老狗，我叫它的名字，它就会来迎接我。到时候，我把费多杀掉，大蛇就不会复活了。虽然这样会牺牲一条狗，可是家乡的所有人民就安全了。”

“没错，”巫婆说，“如果你最先看到的活物死去，那条大蛇就不会复活了，当地人就有救了。”

兰顿下山后，去找了一个手艺精湛的铁匠，请他打造一件衣服，上面要布满尖锐的铁刺。

字词释义

精湛（zhàn）：精熟深通，通常表示某样技艺十分娴熟。

有了衣服以后，他对仆人们说：“在我杀死大蛇回家的时候，你们不要出现在我面前，只让那条老狗出来迎接我。我喊‘费多！费多！’，它就会出现的。”

兰顿的父亲病情日益严重，现在只能躺在床上。兰顿对他说：“父亲，我就要找那条大蛇去拼命了。它死了，我们就有安宁的日子过了。”

准备妥当后，兰顿向河边进发。蛇没出现，他就等

着它来。不久，兰顿看见吃饱的大蛇回来了，它正准备回河里的石头上睡觉。它发现了兰顿，那双黄眼睛变得和火一样通红，飞快地朝着兰顿扑了过来。

大蛇高高地扬起比兰顿还高的身子，然后缠住了兰顿的身体，足足缠了好几圈。兰顿慌了。他心想："时间一长，我会憋死的！"

不过，大蛇也被衣服的铁刺刺伤了。"我的手臂还能动，"他想，"而且，带来的斧头也没丢。"他握紧斧头，一口气不停歇地朝蟒蛇丑陋的脑袋砍去。终于，蛇脑袋被砍掉了，落在了河里。

蛇被杀死了，兰顿转身走在回家的路上。他边走边呼唤他家的狗："费多！费多！"

可是，费多老得听不见动静了，没有出来。但是兰顿的父亲听见儿子回来了，于是他撑着一口气下了床，来迎接儿子，嘴里还喃喃自语："啊，我儿子回来了！我儿子回来了！"他颤颤巍巍地走着，终于来到儿子面前，抱住儿子。由于年老病重，激动万分的父亲在儿子的怀里去世了。

点评

故事情节发展出现了意外，悲剧上演，读者的心情为之紧张。戏剧冲突爆发。

字词释义

颤（chàn）颤巍（wēi）巍：颤抖摇晃的样子；震颤而动作不准确的样子；身体因惊恐而颤抖。多用于老年人。

大蛇再也不能复活了。之后，这里重新变得安定祥和了，客居他乡的乡民又回到了家乡。渐渐地，田野里变得生机一片，庄稼茁壮生长，成群的牛羊在田野上吃草；花园里花草茂盛，鸡鸭也越来越多；孩子们自由地

嬉戏玩耍，心情愉悦的母亲们则坐在家门口聊天。到处呈现出一派欣欣向荣的景象。

兰顿还是住在兰顿大厦里，他现在已变成一个品行端正的绅士。他十分友善地对待所有人，而且还时时帮助那些穷苦人，赢得了当地人的爱戴。

字词释义

欣欣向荣：形容草木长势繁盛。

我的笔记

延伸思考

兰顿原本是个坏孩子，他是如何转变成一个品行端正的人的？试着找出他成长过程中的关键事件。

我的收获

本文有几处优美的环境描写，描绘了人与自然万物共生、和谐安宁的情景，请抄写背诵一两段。

海 公 主

?文前小问号

海公主和《安徒生童话》里海的女儿有相似之处吗？她的父亲宠爱她吗？

很久以前，有一个青年叫凯勒克，他出生在威尔士的某个地方。他是一个放羊娃，每天要把羊群赶到海边，这样羊就可以吃到肥美的草了。

一天，他一个人在海边走来走去，边走边自言自语："这天气实在太冷了！田野也光秃秃的，没什么好看的。"太阳出来了，它把光芒挥洒到附近的一块礁石上，那块礁石虽然立在海水里，但离海岸很近。凯勒克注视着海面，看到一个女孩坐在礁石上，身上闪烁着美丽的光辉。

点评

故事名为《海公主》，最先出场的却是青年凯勒克。这一切都是为海公主的出场做铺垫。

“她太美了，我从未见过如此好看的女孩！如果能跟她说上话，那该多幸运啊！”他边想边从口袋里拿出从家里带来的面包，热情地对女孩说道：“姑娘你好，请你看看我！我叫凯勒克，我想和你做朋友。请你从海里出来，我们一起吃早餐可以吗？”

女孩从礁石上站起来。

心理描写

这段心理描写表现了凯勒克看见女孩朝他走来时激动不已的心情。

“她向我走过来了！她的身影越来越清晰了，我可以与她讲话，观赏她美丽的裙子了！”他欣喜地想着。

女孩从海里上来，走到凯勒克面前，看了看他手里的食物，说：“你的面包实在是太粗糙了，看上去难以下咽。我吃不下这样粗糙的食物，不要给我了。”

女孩拒绝凯勒克后，就回到了海里。

傍晚，凯勒克回到家，跟母亲说起了自己白天的经历。母亲一直很爱儿子，见不得儿子伤心遗憾。

母亲对他说：“我可以做一些更好的面包，明天你再带去，那女孩也许就喜欢吃了。安心回到房间睡吧，明天就会有你想要的好吃的面包了。”

点评

说明母亲做面包的用心以及面包的来之不易，这种诚恳会影响情节的发展。

母亲用一晚上的时间做好了面包。第二天凯勒克醒来，发现这些面包香味诱人、松软可口，非常开心。他带上了这些面包，赶着羊群来到河边。羊自顾自地吃草去了。这时，他又见到了那个美丽动人的女孩。

凯勒克望着女孩，诚恳地说：“这是妈妈为你做的食

物。我喜欢你，请嫁给我吧。请不要拒绝我，如果我的请求被拒绝，我会伤心死的。”

她来到了凯勒克面前，看着他带来的食物，说：“这面包还是不够好，我需要更好一点的食物。”听了这话，凯勒克十分失望，他怏怏不乐地回到家里。

母亲问他：“孩子，你怎么了？那女孩不满意你带去的面包吗？”

“她老是不满意我带的食物，”凯勒克不高兴地说，“明天她还要我带一些更好的食物去。母亲，我该怎么办？”

天下的母亲都会竭尽全力满足儿子的愿望，凯勒克的母亲也不例外。她劝慰儿子：

“亲爱的儿子，你安心回房间睡吧！今晚我会精心准备明天的食物，保证让女孩满意。你明早醒来时，美味的食物就准备好了。”听母亲这样说，凯勒克放心回到房间休息去了。

到了第二天早晨，家里的厨房飘来食物的香气，美味的面包已经摆上餐桌！凯勒克想，这些食物一定会让女孩满意。

凯勒克带着面包出发了。过了一会儿，凯勒克和羊群再次来到了海边的草地上。他等待着女孩的到来，一个小时过去了，一上午过去了……经过漫长的等待，凯

字词释义

怏（yàng）怏不乐：心中郁闷，很不快活。

点评

读到这句，你有没有想到自己的妈妈？想想妈妈对你的付出，是不是也很感动？那就利用当下的感动写下妈妈满足你愿望的一件事吧。

勒克还没等到女孩，他担心女孩不会出现了。

突然，他愧疚地想起了自己要干的活儿：“天呀，我竟然忘了放羊的事了，这真是不应该！母亲为了做出让女孩满意的面包，辛苦了两个晚上了，她多么劳累啊！”

想到这里，他起身看了看羊群，数了数，发现一只羊也没少，它们全都安安静静地在那里吃草，他放心了。

整整一天过去了，女孩没来。他失望地说：“恐怕我以后再也见不到她了，太遗憾了。”

天快黑了，凯勒克觉得该赶羊群回家了。他家养的每只羊都有自己的名字，他只要一喊，羊听到名字就会向他走来，于是他呼唤着羊的名字，准备带着这些名叫贝迪、玛丽、杜勃罗温、格莱斯登和勃朗的羊回家。

临走的时候，凯勒克又回头望了一眼。天啊，女孩竟然再次出现在礁石上面了！他眼睛眨也不眨地盯着女孩看，发现她比前一天更漂亮了。凯勒克觉得女孩一定会满意他手里的面包，那是他母亲做的，非常美味。他再次把面包送给了女孩。

他欣喜地说：“这次的面包非常美味，是我母亲专门为你做的，这是世上最美味的面包了，请尝一尝吧。我是真心喜欢你呀！”

女孩拿起面包品尝起来。很长的时间里，女孩都没

字词释义

愧疚（kuìjiù）：惭愧不安。

点评

凯勒克的这段意外收获提示我们，要永不言弃。精彩和成功往往就在我们坚持的下一秒。

有说话。最终，她答应了凯勒克的请求："好吧，我答应嫁给你。我十分感谢你，还没有人给过我这样可口的面包。但是，请你千万记住一件事，我嫁给你之后，我不能碰到任何铁制品，一旦我碰到铁的东西，我们只能分开，我会回到海里去，永远都不能和你见面了。"

"我一定会记住这件事，保证不让铁的东西触碰到你，你放心，做到这一点还是很容易的。"凯勒克诚恳地说。

之后，女孩又没入海中。凯勒克看见女孩消失了，脸上一副怅然若失的样子，他说："也许她不会再来见我了。"可就在他失望的时候，女孩和一个模样和善的老人再次出现在他面前。凯勒克认出老人是海神，他恭恭敬敬地搀扶他上了岸。

海神对他说："我的女儿本不应嫁到人间，她为了考验你，辛苦你们给她做了那么多好吃的面包。她被你感动了。如果你真的深爱我的女儿的话，你们可以成婚，可以幸福地生活在一起。作为她的父亲，我会给女儿丰厚的陪嫁。在我们海里，有一批白色的奶牛，我会把它们送给你。黄昏时分，我的女儿会将牛群带来。牛群会改善你们的生活，但是你千万记住，如果你不喜欢她，对她不好了，或者让她接触到铁制品，你就会失去她，她会离你而去，回到海里的家。牛群也会跟着她离开，

语言描写

这句话埋下伏笔。"铁制品"成了凯勒克和海公主幸福生活的安全隐患。

字词释义

怅（chàng）然若失：指心情沮丧，像丢了什么东西。形容心情失落的样子。

语言描写

从海神的话中可以看出，他最看重的是凯勒克的一片真心。深爱是婚姻的基础。

这种富有的生活也将离你而去，你将再次陷入贫困。”

啊，原来女孩是海公主！

凯勒克自信满满地回答：“我会永远珍惜我的爱人！不会让她碰到任何铁的东西。”

海神告别了海公主和凯勒克，就消失不见了。

海公主吻过凯勒克后，对他说：“我叫牛群在天黑之前从海里出来。”她面对着海数数，没等她数到十，可爱的白色牛群便从海里跑出来，出现在他们的面前。在整个威尔士，再也没有比这更好的奶牛了。

细节描写

这些细节可以烘托出凯勒克的幸福。

凯勒克既觉得神奇，又十分惊喜。那群神牛看到凯勒克的羊也表现出激动喜悦的样子。

一切都十分顺利。

“我们一起回去吧，亲爱的公主，”凯勒克说，“我的母亲很善良，她会像疼爱我一样疼爱你的。我现在还不知道你的名字呢，请告诉我吧。”海公主说她叫艾伦。

点评

他们结婚的速度极快，但前面的情节都做好了铺垫，能看得出凯勒克与海公主爱情的热烈与对彼此的信任。

他们第二天举行了婚礼。

在以后的时间里，他们夫妻恩爱，日子过得十分舒心。神牛的奶很好，超过了世上所有的牛奶，这使他们过上了富有的生活。

凯勒克时刻谨记海神的嘱咐，对他的母亲和仆人说：“千万不要让一丁点儿铁的东西触碰到我的妻子。”

岁月如梭，凯勒克和艾伦有了三个儿子，他们分别是莱恩、爱德华和赛恩。又过了几年，凯勒克变老了，但艾伦还是和以前一样美，因为她拥有仙术，可以永葆青春。

后来，三个儿子都长大了，可以帮着父母干活了。

一天，凯勒克对艾伦说："家里的老狗已经太老了，耳朵都聋了，听不见声音了，没法看好家了。我们要对它好一些，因为它一辈子都在帮我们看家护院。同时，我们还得另找一条小狗过来看家。"

艾伦说："有道理。今天我们去集市，去那里买一条小狗。现在去套两匹马，我们骑马去吧。"

艾伦要去海边一趟，因为马群都在海边草地吃草。这片草地，就在凯勒克和她第一次见面的地方。

艾伦对凯勒克说："请你给我一件套马的工具。"凯勒克听了妻子的话，把两条绳子扔了过来。但是绳子的一头系着铁环，艾伦接住了它。

突然，凄惨的一幕发生了。

在接触到铁环之后，艾伦的脸色一变，她十分痛苦，又感到万分悲伤。她扔掉了带铁环的绳子，深情地注视着自己的丈夫。此时，天地间风云突变，太阳的光辉消失了，暴风雨马上要来了。

凯勒克明白，从今天起，他们欢乐的生活结束了。

字词释义

岁月如梭：时光像梭子一样快速运转。比喻日子过得很快。

对比

凯勒克的苍老与艾伦的青春形成对比，加强了故事的艺术效果。

环境描写

环境描写，为悲剧的发生烘托气氛。

很快，艾伦呼唤着那些原本从海里来的神牛，带着牛群，走过田野，踏过草地，回到了海里，回到了她曾经的家园。

凯勒克万分不舍，却也无可奈何，只能闭上眼，不去看这悲伤的一幕。当他睁开眼睛时，艾伦和牛群都不在了，他一个人孤零零地留在原地，悲伤不已。

最后，他独自回到家，把他和艾伦经历的一切都告诉了三个儿子。三个儿子都是孝顺的孩子，他们对母亲的离去十分伤心，凯勒克更是感到撕心裂肺的痛苦。

字词释义

撕心裂肺：形容某事令人极度悲伤。有时也形容疼痛到了极点。

莱恩对他父亲说："父亲，我认为母亲不会远离我们的，她一定会默默地守护着我们。"

爱德华说："不要难过，父亲。母亲很爱我们，她会帮助我们的。"

赛恩说："父亲，我们会记住我们的母亲和她的教诲，我们会永远陪着你，不会走的。"

语言描写

三个孩子安慰父亲的话从侧面说明了这是一个幸福美满的家庭。

艾伦离开了，在以后很长的日子里，兄弟三人每天都会去海边，希望能看到母亲，可是很可惜，他们始终没能如愿。

在后来的一个月夜里，艾伦再次出现在海边，正如凯勒克年轻时看见的那样，她还是那样年轻漂亮。

艾伦来到孩子们面前，深情地吻了他们，对他们说："母亲永远都爱你们，天下的母亲都爱自己的孩子，会始

终挂念自己的孩子。现在，我来教你们一些事，你们要牢牢记住，铭记于心。”一个晚上的时间里，艾伦和儿子说了很多话，教他们辨认治疗疾病的各种草药，还告诉他们采集草药的最佳时间，教他们如何炮制这些草药，如何搭配这些草药。

儿子们聚精会神地听着艾伦的教导，对她说：“母亲，我们会一直记住您的话。”

岁月流逝，凯勒克越来越老了，在失去深爱的艾伦后，他终日以泪洗面，很快就去世了。

他们的三个儿子都很长寿。他们把从母亲那里学到的知识教给了后代。于是，海公主传授的医术被一代代传承下去。

延伸思考

从这个故事中，你能悟到什么道理？

我的收获

在这个故事中，很多细节都体现了凯勒克的母亲对儿子的爱和海公主对儿子们的爱，这种感情感人至深。

字词释义

炮制(páozhì)：古同“炮炙”。常用意思有两种。一是做，制作。二是指用中草药原料制成药物的过程。有火制、水制或水火共制等加工方法。目的主要是加强药物效用，减除毒性或副作用，便于贮藏和便于服用等。

我的笔记

渔夫的龙骨木

文前小问号

龙骨木是做什么用的？渔夫用它来做什么？

从前有一个贫穷的渔夫，名字叫伊安。在一个寒冷的冬天，海上的风浪太大了，伊安无法出海捕鱼，便想趁这一段时间做一条新龙骨，替换渔船上那条旧的。他来到地处金泰尔的森林，想找一棵合适的树，砍来做制造龙骨的木料。

那天森林里起了大雾，到处白茫茫一片，伊安在森林里绕了一圈，没有找到想要的木料。野外的冬夜实在太冷了，等到雾气散尽的时候，伊安决定回家。

环境描写

雾大，天冷，这段环境描写为接下来伊安迷路做了铺垫。

他找到一条小路，以为这就是他来时的路，顺着它走肯定能走回家。但是，不久伊安就意识到自己迷路

了，因为他沿着这小路走出森林时，眼前的一切全是陌生的。

一直到晚上，伊安还是没有找到回家的路，被困在了山坡上。天气越来越冷，他很失落。这一夜，他只能在野外度过了。在寒夜里，伊安裹着毯子，却还是冷得瑟瑟发抖。突然，他发现远处有朦胧的灯光，于是赶忙朝光亮的地方走去。

眼前是一间破石屋，可能是放牧人夏天休息的地方。灯光就来自这里。

“太好了，我有地方住了，可以进去烤烤火，不用再挨冻了。”伊安一边想，一边用手敲着残破的门。但是没人出来回应他。

“屋子里一定住着人，”他肯定地说，“否则蜡烛总不会无缘无故亮着啊。”

他不停地敲这扇门，还是没人出来，不过他能听到石屋里有声音。因此，伊安十分愤怒，质问道：

“里面的人快开门呀，你怎么回事？在这种天寒地冻的时候，竟不愿意帮助一个走投无路的过路人？”

最后，终于听到有人走过来了，一个白发苍苍的老婆婆把门推开了，露出很窄的缝隙。

“好吧，你可以借宿。”她不情不愿地说，“因为这里方圆好几里都没有人烟，你可以进来，睡在火

字词释义

瑟（sè）瑟发抖：指因寒冷或害怕而不停地哆嗦。

点评

对于身处黑暗与寒冷中的人，哪怕一点点朦胧的灯光，都意味着希望和温暖，能驱赶走孤单与疲惫。

字词释义

走投无路：比喻陷入绝境，没有出路。

炕上。”

伊安走进小屋，老婆婆关上了门。屋子里暖暖的，炉火正在熊熊燃烧。屋子里还有另外两个老婆婆。进屋后，开门的老婆婆指了一下火炕，然后就没再多说一句话。

心理描写

从上文中的不开门、不情愿的表情等，你是否也觉得老婆婆们有些古怪？请你设想一下之后的情节该怎么发展。

伊安上了炕，装出睡着的样子，但是实际上他没有入睡，因为他觉得这三个老婆婆古里古怪，自己还是警醒些好。

三个老婆婆一直在观察着伊安，过了一会儿，她们以为伊安睡着了，才放下心来。

一个老婆婆来到屋子的角落里，那里有一个做工精致的木箱子。伊安悄悄睁开眼，看见她掀开箱子，从里面拿出一顶蓝帽子，小心翼翼地戴在自己头上。然后，老婆婆用沙哑的声音喊道：

卡哩卡哩！

字词释义

不明所以：有两个意思，一是不知道什么原因，二是不去了解、辨明事件的真相。在本文是第一个意思。伊安不明白老婆婆喊的是什么意思。

正当伊安不明所以的时候，老婆婆在他眼前消失了。

然后，另外两个老婆婆也和第一位老婆婆做了一样的事，她们先后从箱子里拿出一顶蓝帽子，各自戴在头上，然后喊了一声“卡哩卡哩”，就瞬间消失了。

屋子里变得安静极了。伊安从火炕上下来，疑惑地掀开大箱子，箱子里还有一顶和前面几顶蓝帽子一模一样的帽子。

他好奇地拿了起来，仔细端详着。看来，老婆婆的消失和这顶蓝帽子有关。他想知道那三个老婆婆到底去哪儿了，于是戴上这最后一顶蓝帽子，学着老婆婆的腔调，用沙哑的声音喊道：

卡哩卡哩！

神奇的事情再次发生了，伊安觉得脑袋昏昏沉沉的，仿佛被一股强大的力量抛了出去，然后又重重地落了下来。伊安睁大眼睛，发现石屋不见了。自己落在一个豪华的酒窖里了。那三个老婆婆正在这里痛快地喝酒，很快，她们发现了伊安这个不速之客，立刻放下了酒杯，严肃地站起来，叫道：

加泰尔，加泰尔，回家！

话音未落，她们瞬间离开了这里。

但是伊安并不愿意离开，酒窖里的酒是他最喜欢的东西。

点评

“神奇的事情再次发生了”这句话宛如一把胡椒面儿，顿时激发了读者高度的注意力，勾起大家的好奇心，都想知道究竟发生了什么神奇的事情。很多同学的作文写得太平，就是太过于平铺直叙了，不会通过用词营造刺激、紧张的气氛。

字词释义

不速之客：指不期而至的客人。速，邀请。

点评

伊安的贪心虽然使他占了小便宜，多喝了几瓶美酒，却也给他带来了大祸，被酒窖的主人抓住。

字词释义

火刑柱：火刑是古欧洲一种用火把人烧死的酷刑。犯人被捆在柱子上，此柱即为火刑柱。

灵光一闪：本意是指天空中出现一道灵光，后引申为与智慧、思想、思路有关的灵感出现。这里是求生的本能使得伊安灵光一闪，急中生智。

酒窖里所有的酒桶和酒瓶都被他打开了，他贪婪地尝遍了这里所有的酒，最后喝醉了，晃晃悠悠地来到角落里睡着了。

其实，这个酒窖是一个地下室，是卡里斯尔主教的。第二天，主教的用人用钥匙打开酒窖的门，发现酒瓶子被扔得四处都是，地板上还有残留的酒，到处都乱糟糟的，他感到十分震惊。

“糟了，储藏的美酒损失了许多，”那用人叫道，“是哪里来的毛贼，如此嚣张！”

另一个用人也走了进来，发现了躺在酒窖角落里熟睡的伊安。伊安的头上，还戴着那顶奇怪的蓝帽子。

“来人呀，抓贼！抓贼！”用人喊了起来。伊安醒来时，发现自己的处境不妙，他已被人五花大绑捆得结结实实的，双臂和双脚都动弹不得。他头上的蓝帽子被用人摘了去，因为那是他犯罪的证据。

伊安被带到主教面前，接受主教的审判。主教因他的犯罪行为十分震怒，让人把他押到火刑柱上处以火刑。

行刑的地点在当地的中央广场，一堆堆干柴围着伊安，现场围观的群众也有很多。伊安闭上眼睛，只好听天由命了。

此时，各种念头都涌上他的脑海。突然，他灵光一

闪，有了主意。

“在行刑前，我只有最后一个要求！”他喊道，“请让我戴着那顶蓝帽子去见上帝吧。”

主教同意了他的请求，让人把那顶帽子戴在他的头上。随后，行刑人点燃了干柴，火焰熊熊燃起，马上就要烧到他了。

点评

对于主教，这只是一个普通的请求，他并没有起疑心；而对于伊安，这是救命的稻草。

就在这危急时刻，伊安立刻用沙哑的声音叫道：

加泰尔，加泰尔，回家！

瞬间，伊安和捆绑他的火刑柱一起消失了。围观的群众都惊讶不已。

一阵眩晕之后，伊安发现自己又回到了原来的山坡下。迷雾消散了，今天是一个晴朗的日子。他抬眼望去，昨晚三个老婆婆居住的那所破石屋消失不见了。他动了动，发现自己还被绑在火刑柱上。

点评

“迷雾”在本故事中有了一定的象征意义，象征着伊安的境遇。现在迷雾散了，也意味着伊安脱离危险。

此时，一个农民从伊安身边走过去。

“麻烦您帮我解开这讨厌的绳子好吗？”他向那个农民请求道。

农民走过来，帮他从柱子上下来。他疑惑不解地问：

“你是怎么了？怎么被人绑起来了？你遇到什么事

了？”农民问。

伊安想起昨夜的经历，心中懊悔不已，但当他看到那根火刑柱时，突然发现这是一根坚固的好木头。他这才想起来自己出门的目的——找一段合适的木材做渔船的龙骨。

“哈，你看，这木头真不错，很适合做龙骨吧？”他回答道，“这是卡里斯尔主教给我的礼物。”

在向农民问了路之后，伊安的心情变得更加愉悦，他慢悠悠地踏上了回家的路。

字词释义

懊悔不已：后悔得不得了。

语言描写

伊安因祸得福，意外得到一根上好的龙骨木。

延伸思考

假如伊安不那么贪心，在酒窖里没有喝醉，那他的结局会如何？请自行构思。

我的笔记

我的收获

伊安因为好奇心和贪心而惹祸，又因他的临危不惧、急中生智而脱险，是个既有优点又有缺点的人。我们要吸取他的教训。

王子的樱桃核

文前小问号

王子的樱桃核与其他樱桃核有什么不一样的地方?

索尔王子马上就要结婚了。按照这个国家的习俗，王子都要在十八岁结婚，而王子离十八岁的生日只有三天了。

索尔的结婚对象是邻国的贝拉公主，这桩婚事早在他们小时候就定下了，现在两国的国王正在商议结婚的好日子。王子等得心急，每天都无聊地坐在王宫的阳台上打发时间。最后，他找到一个特别的娱乐方式：愚弄路人。

他每天都坐在那里，前面放一堆樱桃，边吃边把吐

点评

开门见山式开头，一下子就把读者拉入故事中。读到这里，我们肯定会想，王子会顺利结婚吗?

出的樱桃核当作子弹，用弹弓去打来往的过路人。被打到的人环顾四周，生气地寻找肇事者，但发现捉弄他们的是王子时，也只能忍气吞声，不了了之。这时，王子会开心得哈哈大笑，侍从们也会跟着他肆无忌惮地笑。

有一次，王子和侍从们正在玩闹，突然看见一位白发苍苍的老婆婆走了过来。这位老婆婆长着一个红彤彤、显眼的大鼻子，王子看见了，便开始讥笑起来。他拉开弹弓，对准老婆婆的鼻子射出一颗樱桃核。

樱桃核狠狠地打在老婆婆的红鼻子上，老婆婆疼痛难忍，捂着鼻子，一股怒气涌上心头。接下来，她没有和其他人一样忍让，而是气得弯腰捡起那颗射中自己的樱桃核，狠狠地朝王子的脸扔了过去，樱桃核打中了王子。

这是第一次有人反抗，王子和侍从们很生气。于是王子下令抓住这个老婆婆，为此他们出动了一百个士兵。

但是老婆婆神通广大，很快甩开了士兵，士兵们只好无功而返。被樱桃核打中的索尔王子头很痛，身子也晃晃悠悠的。接着，他还不由自主地用双手捂住耳朵狂笑起来。

侍从们疑惑不解地看着他："您怎么啦？"

"我……我感觉……"

字词释义

肇（zhào）事：意思是引起事故；闹事。

肆（sì）无忌惮（dàn）：指恣意妄行，毫无顾忌。

红彤彤（hóng tóngtóng）：形容很红。比如：红彤彤的晚霞；红彤彤的脸蛋。

点评

老婆婆的表现出人预料，她没有像普通人那样惧怕王子，忍气吞声，而是进行反抗。这样的行为耐人寻味。

王子表达不出完整的意思，只是不停地笑。

“您怎么了？”

“我感觉……我感觉时光在倒流！真的，时光在倒流！太好玩了！你们要是能体验我的感觉就好了，太好玩了！”

王子看上去很不正常，王宫里的人以为他疯了。后来，他连正常走路都不会了，只能倒着走，成为人们私底下嘲笑的对象。

“王子，这到底是怎么了？”

“哎……哎，我不能向前走了，只能后退！”

尽管王子使出吃奶的力气想向前走，但他控制不住自己的脚，只能往后退。总而言之，王子的表现根本不像一个正常人。接着，他又不由自主地捂住耳朵大笑起来。

“时光倒流了！这种感觉真是太神奇，太好玩了！……”

王子狂笑不止，王宫里的人也在大笑。大家都觉得王子疯了。

其实，王子并没疯。国内医术最高明的大夫来王宫诊治过王子，诊断结果表明，王子只是得了一种逆生长的病。这种病十分罕见，至今也没人弄清楚病因，所有的医生对这种病都束手无策。

行为描写、语言描写

这几段运用了行为描写和语言描写，如此怪异的言行举止令读者好奇不已。

读书笔记

字词释义

束手无策：意思是手被绑住，无法解脱。形容遇到问题毫无解决的办法。

排比

排比是把结构相同或相似、意思密切相关、语气一致的词语或句子成串地排列，达到一种加强语势的效果。此处强调王子得了逆生长病后的情况。

字词释义

襁褓（qiǎngbǎo）：包裹婴儿的被子和带子；指婴幼儿（古代泛指1岁以下幼童，现在以此借指未满周岁的婴儿）。

点评

这灰暗的日子是王子自己的顽劣和行为不端造成的，可谓是自作自受。我们一定要引以为戒。

王子的年纪越来越大，他的模样却越变越年轻，越变越小。不久，他成了十七岁的少年模样；一年后，他又变成十六岁的模样；又过了一年，他倒退到十五岁的模样。他的个头越来越矮，原来淡淡的胡须也不见了。他的模样越来越像孩子。对此，王子十分难过。

生病的王子没办法成婚，婚礼只好不断推迟。过了几年，邻国的国王不愿意把女儿嫁给他了，要求取消王子和贝拉公主的婚约。他说："王子，我怎么能让贝拉与你成婚？几年后你会变回小孩的样子，再过几年会成为话都不会说的孩子，然后是襁褓中的婴儿，然后你将回到母亲的肚子里，最后会彻底消失。"

贝拉虽然对王子十分不舍，但是在父亲的命令下，她还是同意退婚，把订婚戒指还给了王子。分别时，她哭红了双眼，并向王子表示自己对他的情意永远不变。

"亲爱的王子，我会永远一直等着你，直到你病愈。到时你一定要来娶我。亲爱的，你把我的这枚戒指戴在手上吧。如果我有什么不测，戒指会有反应的，它将勒紧住你的手指……"

这段日子是索尔王子一生中最灰暗的时期。由于王子无法正常走路，他在大厅里和花园中倒退着来来去去，疯狂地扯着头发失声痛哭。他知道自己必须找到那个女巫，也就是那个红鼻子老婆婆，乞求她的原谅，自己才

能恢复正常。

悲伤的国王和王后发出悬赏，只要有人能提供女巫的消息，就把国家的一半领土送给他。

但是，谁都不知道女巫的下落。为了排遣心中的忧愁，王子常常去打猎。可是，他骑上马后，自己所中的巫术也对马起了作用，所以马也会倒退着走。

于是，农民们在田野里常常看见一匹倒退着走的马驮着一个面容阴郁的少年，他们以为少年是魔鬼，害怕极了，于是不停地祈求上苍的保佑。

终于有一天，王子再一次遇到了那个女巫。那时他在一片茂密的森林中，那个女巫正倚在林中小屋的窗口微笑地看着他。一见到女巫，王子就跪下了，他下定决心要取得女巫的原谅。

“老婆婆，老婆婆！求你原谅我的过错，解除我身上的魔法吧，我不想越变越小，也不想倒退着走路！”

“要我原谅你，除非你把那天打我的那颗樱桃核给我找来。”

“这个容易，我什么都答应你。”

王子回到王宫。但是，已经四年过去了，那颗樱桃核并不好找，王子根本不知道它在哪里。他随便捡了一颗樱桃核充数，交给森林中的老婆婆。老婆婆拿起樱桃核，仔细看了看。

字词释义

祈求（qíqiú）：诚恳地希望或请求。

点评

为了完成老婆婆交给的任务，王子再一次犯错，他弄虚作假，以假充真，应该受到惩罚。

“王子，这不是我要的那颗！我分得出来，原来的樱桃核上刻着一行字。”王子知道自己骗不过女巫，为了找女巫要的樱桃核，他只好告别了王宫中的父母，离家远行。他依稀记起，当年那颗樱桃核打中自己后，掉进路边的排水沟了。他来到那条排水沟，发现排水沟通向一条湍急的河流。他看着河里奔流不息的河水，又一次绝望起来。这时，一只漂亮的绿蜻蜓从他身边飞过。

“小娃娃，你怎么了？”蜻蜓问王子。

蜻蜓居然叫他小娃娃！哎，看来自己的模样变得越来越小了，这种变化实在是太快了！

王子叹了口气：“我很伤心，我不会长大，只能越活越小！”

“这是好事呀，返老还童是多少人梦寐以求的事！”

“这有什么好！我本来是个年轻人，随着时间的流逝，我就会变成路都走不稳的孩子，然后变成襁褓中的婴儿，最后彻底地消失。只有找到红鼻子女巫要的那颗樱桃核，我才能治好这病。对了，蜻蜓，你见过那颗樱桃核吗？”

“没见过，但有所耳闻。父母曾告诉我，确实有一颗与众不同的樱桃核，核身上刻着寓意深刻的字……听说它沿着河流，被冲到前面的海里去了。”

点评

女巫可不是好骗的，她清楚地记得自己在樱桃核上做过的“文章”。看来，这是个既认真记性又很好的女巫。她之所以这样做，是为了让王子长长记性，改掉傲慢无礼的毛病。

字词释义

湍（tuān）急：形容水流很急速。

字词释义

梦寐（mèi）以求：睡觉做梦时也在追求。形容迫切期望。

听了蜻蜓的话，王子心中又燃起了希望。他顺着这条大河，来到了入海口，找到了大海。

蓝色的海洋无边无际，这该怎么找？王子再次失望了，他跌坐在海滩上号啕大哭。他哭啊哭，眼泪滴落在海水里。

点评

用海洋的无边无际反衬王子寻找樱桃核的难度无异于大海捞针。

“小娃娃，发生什么事了？”

一只步履缓慢的海星在沙滩上向王子问话。

“我很伤心，我越活模样越年轻了。”

“小娃娃，这可是天大的好事！”

“对我来说是坏事！如果找不到红鼻子女巫要求的那颗樱桃核，我很快就会变成襁褓中的婴儿，最后彻底地消失不见。”

“我见过那颗樱桃核，它很特别，我记得上面有字，可我忘了那是什么字了。一只火烈鸟和我是好朋友，它曾经把这颗樱桃核吞进了肚里。我愿意帮你把它叫来，可能时间会有点久，你可以先在这里等我。”

字词释义

火烈鸟：也叫红鹳。高约80—160厘米，体重3千克左右。因颜色艳丽，是有名的观赏鸟。

王子答应了，他等了三天，终于等来了火烈鸟。它的腿又细又长，身上的羽毛红白相间。火烈鸟对王子说：

“王子，我确实吞过那颗樱桃核。但是，它现在在巨人马里奥的花园里，因为我飞到南方的时候吐掉了它。巨人把家建在叙利亚的高山上，他是一个凶悍残忍的人，

他的力气极大，本领高强，一般人奈何不了他。不过，他也是有弱点的，他长着满头红发，但是红发中夹杂着一根绿头发；只要拔掉这根绿发，你就能打败他。”

两个月之后，王子乘一艘商船到了叙利亚。一下船，他就赶紧向当地居民打听巨人马里奥的情况。可是大家一听到马里奥的名字，都害怕极了。

点评

通过当地居民的反应映射出巨人的威力和凶狠。

“巨人很危险，他不允许任何人进入他的领地。如果有人未经许可强行进去的话，会被巨人杀死的。”

“即使有危险，我也要冒险一试。如果上天保佑我的话，我就能打败他，拿回那颗樱桃核。”

索尔王子继续上路，来到巨人马里奥的地盘。巨人的家在山顶的城堡中，他拥有好几个大大的花园，花园边上竖着高墙，周围堆积着无数白骨。那些尸骨就是冒犯巨人的骑士们的遗骸。勇敢的王子吹响号角，那是向巨人挑战的信号。听到号角声，上身裸露、赤手空拳的巨人打开城堡的大门。当看到小个子的王子时，巨人不屑地笑了笑。

字词释义

遗骸（yíhái）：指弃置而暴露的尸体。

王子骑着战马与巨人对战，虽然马还是倒退着走，但王子的行动十分灵活。他挥舞着利剑朝巨人砍去，不一会儿，巨人一条胳臂被砍断了，脸也被王子割伤了，王子占了上风；但是巨人一点也不畏惧，他好似胜券在握。只见他不急不忙地把自己被王子砍掉的胳膊捡了起

字词释义

胜券(quàn)在握：很有把握，相信自己一定可以成功。

来，然后放在原位安好，砍断的胳膊竟然自行恢复了，所有的伤口竟然都愈合了。

察觉到巨人的诡异之处，王子开始重点攻击巨人的脑袋，两次挥剑砍下了巨人的脑袋，但巨人每次都镇定自若地从地上捡起脑袋安在脖子上。于是王子在第三次砍下巨人的头颅之后，抢先拿走了巨人的头，骑马来到山坡下。

王子拿着巨人的头颅，要在茂密的红头发中寻找那根绿头发。被砍下脑袋的巨人晃晃悠悠地赶了过来，两人的距离越来越近。王子心急如焚，他慌乱地寻找那根能杀死巨人的绿头发，但是一无所获。

千钧一发之际，王子想出了一个好办法。他飞快地挥剑把巨人的所有头发一齐割下，这样，那根绿色的头发自然也被割掉了。就在绿发被割掉的一瞬间，巨人的脑袋流出了鲜血，脸上露出惊恐万分的表情；而靠近王子的巨人的无头身躯紧跟着摇晃了两下，扑通一声摔倒在地，死去了。

索尔王子终于成功地进入巨人马里奥的花园，照火烈鸟所说，在里面找了好久，终于找到了那颗樱桃核落下的地方。

可是，五年过去了，樱桃核已经长成一棵高大的樱桃树，上面果实累累，一颗颗如珠如玉的樱桃挂在那里，

字词释义

心急如焚(fén)：心里急得像火烧一样。形容非常着急。

千钧（jūn）一发：钧，古代重量单位，30斤为1钧。千钧的重量系在一根头发上，形容情况极其危急。

点评

激烈打斗的场面描写和樱桃树的静态描写，一动一静，动静结合，满足读者的多感官需求。在平时的写作中，我们也要注意对动静结合的把握。

让人垂涎三尺。

王子摘下一颗塞进嘴里，觉得十分美味，于是接连摘下许多吃掉。他把吐出来的樱桃核放在手中一看，发现每颗果核都有这么几个字："无礼待人，自食恶果。"王子突然头痛不止，闭紧了双眼。

当王子意识清醒之后，女巫和善的笑容出现在他的眼前。他发现自己回到了森林中红鼻子女巫的小屋前。接着，他惊喜地发现，自己中的魔法已经解除了。

现在的他又变回那个十八岁的年轻人，身材跟以前即将结婚时一样高大，不再是幼小的模样了。他试着走了几步，倒退着走的怪病也痊愈了。

"你已经受到了惩罚，赎清了自己的罪过，"女巫对他说，"我饶恕你了。你带走这些樱桃核，把它们种到王宫的花园里去吧。"

"谢谢你，你是一个大度的女巫！"

王子准备与女巫告别，但这时，他突然感到一阵疼痛，贝拉给他的那枚戒指勒紧了他的手指。

"啊，女巫，我的未婚妻遭遇了意外。"

"无须担心，带着你的佩剑去找她吧。我会帮助你的。"

全副武装的王子骑上马，朝着邻国飞奔而去。他感到戒指把他勒得越来越疼了，王子心想："贝拉可能等急

点评

情节设置出人意料，故事的教育意义非常突出。

字词释义

痊愈(quányù)：指病情好转，恢复健康；指伤口、疮口愈合。

语言描写

语言描写与身份出现了有趣的错位，在大家的印象中，女巫是凶恶的，可是她却说出了这么温暖的话。这确实是个大度的女巫，颠覆了读者对女巫的固有印象。

语言描写

女巫不仅原谅了王子，还给予他进一步的帮助，真是个热心肠的女巫。

了！只要我能按时赶到，一切就还来得及。”

几天后，王子来到公主所在的国家，他发现这里的气氛十分欢乐，到处张灯结彩，看起来是要办喜事的样子。他急忙向路人询问原因。

“七天前，国王下令为公主挑选夫婿。他让报名者在王宫比武，最后的胜利者可以娶到公主。现在有一个武功高强的神秘骑士打败了所有的对手。今天入夜之前，比赛的结果就该出来了，公主就要出嫁了。”

王子骑马赶到比武现场，看到了全身裹在火红铠甲里的神秘骑士。只见骑士奋力一击，最后一名对手落下了马，人们都为他喝彩，祝贺他即将迎娶公主。

王子戴上面罩，拔剑冲进比武场地。围观的观众见又来了一位挑战者，都十分震惊，比武场内顿时一片哗然。奇怪的是，王子刚朝对手刺去第一剑，却没见那位身穿红盔甲、战无不胜的骑士还击，只见他立即哐当一声摔倒在地，一动不动了。

围观的人们用力推他、喊他，最后把他扶了起来，解开他的盔甲。人们惊奇地发现，铠甲里并没有人，这是一副空铠甲！

原来，这是红鼻子女巫为帮助王子与公主在一起，特意施法赋予铠甲生命，让它来阻挡所有的求婚者。

王子掀开面罩，露出了真容，深情地看向看台上的

字词释义

张灯结彩：挂上灯笼，系上彩绸；形容节日或有喜庆事情时的景象。

场面描写

段落不长却内涵丰富，把比武现场的激烈气氛传递得淋漓尽致。

字词释义

哗（huá）然：人们纷纷议论、吵吵嚷嚷的样子。

点评

瞬间的悬念和解密让读者惊叹不已，简直是个惊天意外。

点评

通常王子与公主成婚后故事就完结了。可是这“额外”的段落升华了故事的主题思想，对读者进行了一次思想教育，非常完美。

我的笔记

公主。国王热情地拥抱他，而公主则更加惊喜，她终于等回了自己的心上人。

终于，王子与公主成婚了。

几年后，种在王宫花园里的那些樱桃树茁壮成长，形成了一片树林。王子在林边放了一块石碑，碑上刻的字和樱桃核上的一样，即“无礼待人，自食恶果”，以警醒众人。

延伸思考

请总结一下，说说王子有哪些缺点，又有哪些优点。

我的收获

我们应该时时检讨自己的行为给别人带来的困扰，真正做到礼貌待人。

山林猫妖

文前小问号

山林猫妖真的是妖怪吗？如果是的话，它们是不是做了很多坏事？

很久以前，有一个母亲，她靠务农为生。她生有两个女儿，大女儿相貌丑陋，喜欢乜斜着眼看人，头发乱得像杂草一样；小女儿名叫卡特琳娜，相貌与姐姐差别很大，美若天仙。奇怪的是，母亲喜欢大女儿，十分厌恶卡特琳娜，一直虐待她，把各种脏活儿、累活儿全扔给她干，强迫她上山采石、砍柴，恶毒地期盼着卡特琳娜遇到麻烦，失去她的美貌。

卡特琳娜默默忍受着这些折磨，可是她没有如母亲所愿，相反，她出落得越发漂亮了。

字词释义

乜（miē）斜：有两种解释，第一是眼睛略眯而斜着看（多表示瞧不起或不满意）。第二是眼睛因困倦眯成一条缝儿。本文中的解释为第一种。

对比

在描写两个女儿的外貌时用了对比手法。母亲对两个女儿的态度令人费解，产生悬念。

有一天，母亲想出一个恶毒的主意，她得意扬扬地对大女儿说："亲爱的女儿，你知道我想出什么好办法了吗？待会儿我就吩咐卡特琳娜到山林女妖那儿去借细筛子。那些女妖很厉害，她们一定会挠破她的脸，这样她的容貌就会变得丑陋不堪了。"

"这真是个绝妙的好主意！"模样丑陋的大女儿充满恶意地说道。

母亲立即叫来卡特琳娜，吩咐道："麻利点儿，懒姑娘！今天家里需要细筛子过滤果汁，有了果汁，我们好做果汁面包。你赶快出发，去找山林女妖借一个细筛子来。立刻去，你这个好吃懒做的家伙！"

卡特琳娜惶恐不已，被母亲的话吓到了，因为在人们的传说里，山林女妖嫉妒美丽的人，会把她们的脸毁掉。她泪流满面，向自己的母亲求情，但母亲对此无动于衷。母亲和大女儿还威胁她，如果她不愿意去的话，就得挨一顿打。没办法，卡特琳娜只好愁容满面地朝女妖们所在的树林走去。

她来到树林，目光所及之处全是参天大树。树木挡住了所有的阳光，到处阴森森的。一条小路在草丛和荆棘之中时隐时现。

一个年迈的小矮人拄着拐杖，迎着她走来："你好！漂亮的人儿，发生了什么事？你为什么愁容满面呢？"

字词释义

无动于衷：心里一点不受感动，一点也不动心。指对令人感动或应该受到关注的事毫无反应或漠不关心。

环境描写

描写了森林里阴森恐怖的气氛，吸引读者读下去。

卡特琳娜向他诉说了自己的不幸，小矮人十分同情这个可怜的孩子，安慰她说："不用怕，我能帮你。我会教你应该怎么做。不过，你先帮我个忙，我的头皮痒极了，你看看上面有什么东西。"

之后，小矮人把粗布帽子摘掉，露出脑袋来。卡特琳娜看见几十只大虱子在他头发中爬来爬去，它们残忍地吸着老人的血。但她没有半点嫌弃之意，还礼貌地告诉老人："有珍珠和黄金在您头上。"

点评

卡特琳娜真是个善良的孩子，不仅不嫌弃老人脏，还细心地维护了他的自尊，把虱子说成珍珠和黄金。

小矮人和蔼地对她说："你真是个好姑娘，也会得到珍珠和黄金的。现在你要记住我说的话，你要轻轻地敲女妖们的房门，不能发出大的声响。女妖们会要求你把手指伸到钥匙孔里，你别听她们的，不然女妖会折断它。你要找一根枯枝代替手指塞进去，等女妖开门后，你会进入一间全是猫的屋子，你要认真帮助这些猫干活儿。然后小猫的妈妈会感激你的，它会问你午饭是选择黑面包加洋葱还是白面包加奶酪，你要选择黑面包加洋葱。接着，猫妈妈会邀请你上楼，你会经过一个珍贵的水晶楼梯，这时你要千万留心，不能损坏这梯子一分一毫。等你走到楼上，女妖们会送你礼物，你不能贪心，要挑最便宜的。"

卡特琳娜对小矮人千恩万谢，告诉小矮人一定照他的话做。之后，她来到女妖们的屋子前，轻轻地叩响了

字词释义

叩（kòu）响：敲响的意思。比较起来，叩门要比敲门力度更轻一些。这里说明卡特琳娜非常有礼貌。

门。接着，她把一根枯枝塞进了钥匙孔。等女妖开门后，卡特琳娜马上诚恳地说出了借东西的要求。

卡特琳娜从未见过女妖，在别人口中，女妖们是一些满脸皱纹的老太婆，她们头戴尖顶帽，身穿绫罗绸缎，手上还握着魔法棒。因此，当她发现真相不是如此时，她简直难以置信。原来，女妖们竟是一些母猫。它们体形硕大，身上香气扑鼻，毛色金黄，有的穿着由鼠毛做成的裘衣。母猫对她说："先进来吧，稍等一会儿，我们就把东西给你。"

字词释义

裘（qiú）衣：动物皮毛做成的华贵柔软的衣服。

卡特琳娜进了昏暗的屋子，这里似乎是城堡的一个大厅。各种各样的猫都集聚在这里，它们品种不一，有暹罗猫、波斯猫、英国短毛猫、中国狸花猫、土耳其安哥拉猫、苏格兰折耳猫、日本短尾猫等。它们形态各异，有的猫个头矮小，毛色发红，瞎了一只眼；有的猫毛色又黑又亮，眼神透露出阴狠；有的猫眼睛炯炯有神；有的猫眼睛像琥珀一般，目光清澈；有的猫浑身雪白，只在前额上长着一撇黄色的纹路；有的猫脾气温柔，安静极了，正在用粉红色的舌头舔着牛奶；还有一只肥猫，如贵妇人一般躺在丝绸床单上。

排比

这段排比句表现了猫的种类繁多，形态各异。排比可使信息含量高，但读起来又相当有趣。

还有一些猫忙着干活。一只年老的头顶天蓝色风帽的母猫，正用金线、银线和松鼠毛给猫女王纺纱织布；一只色彩斑斓的公猫接过一只破损的袜子，认真地缝补

起来；一只打杂的小猫正在洗菜池旁剥洋葱，洋葱的辣味熏人，害得它眼泪直流；两只头戴白帽的猫正在炭火熊熊燃烧的壁炉前面烤着一串串鸟肉和小面包，它们不停转动爪中的铁扦，同时擦着汗水，旁边十二只小猫系着浅蓝色的围嘴，正盯着食物垂涎欲滴；一只忧愁、瘦弱的小母猫围着一条仆人用的缀满补丁的围裙，正在打扫屋角的垃圾；猫奶奶拿着长柄眼镜，给厌恶海水的小孙子们朗读《宝岛》；一只瘦骨嶙峋的公猫在拉一把残破不堪的小提琴；一只当鞋匠的耳聋的公猫正挥动小银锤，给公猫老爷的鹿皮软靴制作鞋底。

屋子的墙上挂着猫祖宗们的画像，画像中人也各有神采，有的猫像中国的孔圣人，有的像神话中的奥德修斯，有的像奥古斯都大帝，还有的像法国皇帝。

卡特琳娜看到这些情景，十分怜悯这些辛苦劳作的猫，说道："小猫们，你们的爪子又小又软，不要做这样繁重的活儿了，我来替你们干。"

卡特琳娜干活干脆利落，很快帮助猫咪们干完了所有的活儿。她清理了垃圾，缝补好了猫妈妈的两只大袜子，剥完了洋葱，制作了各种烤酱，把烤串处理得十分美味，厨房也被她收拾得干干净净。然后，她花了几分钟的时间为长靴钉上鞋钉，为刚放学回家的小猫们收拾了卧房，把猫奶奶的那副假牙泡进专门的清洗液中。最

排比

此段文字由排比句组成。细致地描绘出猫儿们的生活图景。

字词释义

垂涎（xián）欲滴：馋得连口水都要滴下来了，形容非常馋，也比喻看到好的东西，十分羡慕，极想得到（含贬义）。

语言描写

言如其人，这句话凸显了卡特琳娜的单纯善良。

后，她帮猫奶奶给自己身边的猫儿们讲了生动有趣的童话故事。

这时，猫妈妈进了屋，猫儿们纷纷在妈妈面前替卡特琳娜表功："她替我补了袜子。""她帮我做好了鞋底。""她制作了番茄酱。"猫儿们高兴得手舞足蹈，甚至还蹦蹦跳跳地爬到桌上、衣柜上和窗台上。

点评

这真是一群可爱、懂得感恩的小猫。从中我们也可以得到启发：我们做过的所有善行，都会被铭记在心。

猫妈妈听完卡特琳娜所做的善事后，马上问她："亲爱的姑娘，午饭你想吃什么，黑面包加洋葱还是白面包加奶酪？"

"嗯，请给我一点儿黑面包和几个洋葱吧，我吃这个就行。"卡特琳娜回答。

可是随后，猫妈妈却给了她白面包和奶酪。接着猫妈妈邀请卡特琳娜上楼，把她领到晶莹剔透的水晶梯边。

卡特琳娜脱下鞋子，赤着脚小心翼翼地迈上楼梯。正因为她的小心，所以水晶梯面没有一丝一毫的损坏。光滑的梯面像镜子一样映出她的面容，每往上走一步，她就变得更加美丽动人。

动作描写

通过这些描写，一个懂礼貌、爱干净的女孩好像就站在我们面前，惹人喜爱。

她刚走到楼上，猫妈妈就拿出一大堆衣服供她挑选，有珍贵的金缕衣，也有绣着铜线的普通衣服。卡特琳娜并不贪心，她选了绣着铜线的普通衣服。但猫妈妈却把最珍贵最漂亮的衣服送给了她。那件衣服不是凡品，原

字词释义

金缕衣：以金丝编织的衣服，非常奢华。

本是为猫女王做的，由金丝线、银线和松鼠毛一起织成。而且猫妈妈赠了一件衣服还嫌不够，又送了卡特琳娜一套价值连城的珠宝首饰。

最后，猫妈妈把筛子给了卡特琳娜，对她说：“千万记住，走出屋子后，你如果听见驴叫，万万不可回头，只有听见公鸡打鸣时，你才能回头。”

在回家的路上，卡特琳娜听到了驴子叫。她谨记猫妈妈的嘱咐，没有回头；而听到公鸡打鸣时，她就回过头去。这时，夜色消逝，曙光来临了，启明星从将明未明的天幕上坠落下来，变成戒指上的宝石一般大小，落在了卡特琳娜的额头上。

动作描写

卡特琳娜真是个听话、遵守规则的好孩子。这样的行为肯定会得到回报的。

回家后，母亲和大女儿对卡特琳娜更加厌恶，卡特琳娜额头中央亮晶晶的星星使她们嫉妒不已。大女儿说：“妈妈，你让我去还筛子吧，我也要去找森林女妖，也想变得更好看，也想得到那些宝贝。”

母亲同意了，让大女儿去还筛子。她迫不及待地拿起用完的筛子就往树林的方向跑去。途中，大女儿遇到了小矮人，小矮人问她：“姑娘，你急急忙忙的是去干什么呀？”

“滚开！”大女儿蛮横无理地答道，“多管闲事的东西，我做什么与你无关！”

语言描写

态度蛮横、满口脏话的大女儿和谦逊、彬彬有礼的小女儿形成巨大的反差。

“丑姑娘，没礼貌！”小矮人冷笑道，“你愿意做什

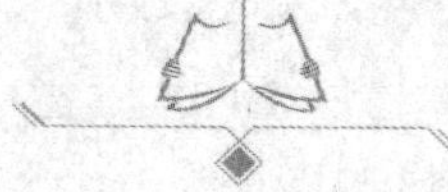

么就做什么，有你吃不了兜着走的时候。”

在女妖们的屋子前面，大女儿一开始便对着门一顿猛敲，敲门声震耳欲聋。门后的女妖们很不高兴，于是对她说：“把你的一根手指塞进钥匙孔里。”

字词释义

震耳欲聋（zhèn ěryùlóng）：耳朵都快被震聋了，形容声音很大。

大女儿照做了，于是她的一根手指被女妖们折断了。门打开后，愤怒的大女儿举着那只鲜血淋漓的手，气势汹汹地冲进屋子，粗暴地扔下筛子，痛骂道：

“哼，你们这些邪恶的妖怪，残忍的魔鬼，还给你们筛子！”

屋子里到处都是猫，她看见猫儿忙碌的场景，便嘲笑道：“你们这些愚蠢的东西，不成器的废物，真是好笑！”

恶毒的大女儿对猫儿们欺凌打骂，她抢走它们干活儿的工具，用尖利的针去扎第一只猫的爪子，把第二只猫抛到了开水锅里，第三只猫则挨了一顿扫帚柄的毒打。接着，她强行扒下了猫女王穿的金缕衣，把烤串全扔进火中。一只公猫的脖子被抹上了打翻的番茄酱，她还用洋葱头去熏猫奶奶的眼睛，并把长靴、小提琴和那本童话书扔进火炉里。

点评

通过这些行为描写，大女儿的恶毒、无礼、暴躁如疾风骤雨般冲击着读者的视觉。

一时间，屋里混乱不堪，惨叫声不绝于耳，猫儿们往四面八方逃开，疼得眼泪直流。

终于，猫妈妈出现了，猫儿们向它哭诉了大女儿的

种种恶劣行为。猫妈妈皱着眉对她说："姑娘，你午饭想吃点什么？黑面包加洋葱还是白面包加奶酪？"

大女儿回答她："你们折断了客人的手指，难道还让客人吃黑面包和洋葱？这可都不是待客之道，懂礼节的人不会这样做的。我要吃白面包和奶酪，去给我端来吧。"

然而猫妈妈端给她的却是黑面包和洋葱头，她无奈地吃完了这一餐。

接着，猫妈妈告诉她："姑娘，跟我走吧。你也能得到一件衣服。上楼吧，但要记得不要损坏我们的水晶楼梯。"

但是大女儿丝毫不把它的话放在心上，她穿着一双沾满污泥的大木屐，毫不客气地在水晶梯上踩来踩去。楼梯因此粉碎，尖锐的水晶碴儿割破了她的手和脸。走进大厅后，她已经是伤痕累累了。猫妈妈问她："你想要什么？丝绸衣服还是粗布衣服，钻石耳环还是铜耳环？"她十分贪心，向女妖们要更值钱的那份，结果女妖们只送了她一件破旧的粗布衣服和一副质地粗糙的铜耳环。

大女儿气呼呼地要回家，走到门口时，猫妈妈对她说："姑娘，如果你听到公鸡打鸣，你就径直向前走；如果听见驴叫，你就立刻回头。这样你会获得一件绝妙的礼物。"

语言描写

这段话反映了大女儿赤裸裸索取的自私心理。"难道还让客人吃黑面包和洋葱？"大女儿使用这样的反问句来质问猫妈妈，完全不符合客人的身份。

字词释义

木屐（jī）：是一种两齿木底鞋，走起来路吱吱作响，适合在雨天、泥地上行走。

碴（chá）：在这里是碎片的意思。

在回家的途中，大女儿果然听到了驴叫声。此时，太阳刚从地平线升起，光芒即将普照大地，而大女儿迫不及待地想得到那件绝妙的礼物。刚听见驴叫，她便回过头去。

这时，一条丑陋的驴尾巴从天而降，正巧落在她的额头中央，长在她的脑袋上，大女儿用尽了方法，也无法把它拔下来。

就这样，大女儿得到了应有的惩罚。从此之后，大女儿更丑了，而小女儿更加美丽了。

点评

善有善报，恶有恶报。性格和人品决定了姐妹俩各自不同的命运。

我的笔记

为什么妈妈偏偏喜欢飞扬跋扈又丑陋的大女儿，而虐待善良美丽的小女儿呢？

我的收获

从这个故事可以看出，无论身处顺境还是逆境，都要做一个善良、纯真的人，要远离贪婪，贪得无厌会使生活变得更糟。

羽毛姑娘和铅砣王子

文前小问号

这两个人的名字太奇怪了。他们是怎么相遇的？他们的结局完美吗？

羽毛姑娘是一个无父无母的孩子，由爷爷独自抚养长大。爷孙两人住在林里的木屋中。爷爷是伐木工，小姑娘总是帮他捡柴。她温柔善良，美貌如天仙，是万里挑一的好姑娘。朋友们很喜欢她，邻居们都称赞她。

在一个春日，一只洁白的蝴蝶飞来飞去，最后停在羽毛姑娘窗边的花上。羽毛姑娘伸手抓住了它。

“姑娘，求求你放了我。”

羽毛姑娘急忙松开手指，蝴蝶自由了。

“谢谢你，可爱的姑娘。请问你叫什么名字？”

点评

开篇就交代了羽毛姑娘的家庭条件和生活环境，以及她的品行。

语言描写

蝴蝶、蒲公英和羽毛姑娘轻柔有趣的对话读起来也是一种享受。

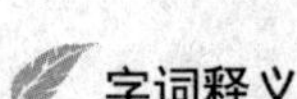

字词释义

授粉：指将雄蕊的花粉传到雌蕊的柱头上。

点评

故事写了羽毛姑娘三次松开手指，从这里可以看出她的什么品质？

“我叫羽毛姑娘。”

“羽毛姑娘，你的名字真好听。我是蝴蝶，要飞到遥远的地方授粉，有机会我一定会报恩的。”蝴蝶边说边离开了。

又有一天，一朵蒲公英飘到姑娘的窗台上，羽毛姑娘伸手抓住了它。

“姑娘，求求你放了我。”

羽毛姑娘急忙松开手指，蒲公英自由了。

“谢谢你，可爱的姑娘。你的名字叫什么？”

“我叫羽毛姑娘。”

“羽毛姑娘，你的名字真好听。我叫蒲公英，有机会我一定会来报恩的。”蒲公英离开了，飞去遥远的地方播种。

又有一天，一只绿色的甲虫停留在一朵玫瑰花中，羽毛姑娘捉住了它。

“姑娘，求求你放了我。”

羽毛姑娘立刻松开手指。

“谢谢，可爱的姑娘。你的名字叫什么？”

“羽毛姑娘。”

“羽毛姑娘，你的名字真好听。我是金龟子，我要飞到远方，去那里寻找玫瑰花。有机会我一定会回来报恩的。”金龟子边说边离开了。

羽毛姑娘慢慢长大了，十四岁时，她生了一种怪病。她的身体变得越来越轻，几乎感觉不到重量了。尽管她的美丽不减，但体重日益减轻。开始时，她并不认为这有什么坏处，反而为此感到高兴，因为她能凭借轻盈的身体轻松跳到树梢上，然后又能像一片羽毛一样缓缓落地。

除了体重减轻，她的耳畔还常常飘荡着一首歌：

天下美人虽有无数，
只有一人令我心悦。
美若天仙的羽毛姑娘，
铅砣王子早已钟情于你。

随着时间的流逝，怪病的坏处显露出来。因为羽毛姑娘变得实在太轻了，一阵风吹过，就能把她吹跑。因此，爷爷只好在她的裙子上拴上沉重的大石头。后来情况越来越糟，石头也不起作用了，羽毛姑娘只能待在家里，不敢再出门了。

“我可怜的孩子，你一定是被人诅咒了！”爷爷伤心地说。

羽毛姑娘整天闷在家里，无趣极了。她只能找到一种娱乐方式，那就是让爷爷往她身上吹气。老人为了让

字词释义

轻盈(qīngyíng)：这里用来形容身体苗条，动作轻快。

点评

这首莫名出现的歌增加了悬念，使读者想迫切读下去。

读书笔记

她开心，就轻轻吹了一下。于是，姑娘像一片羽毛似的轻轻飘了起来，然后慢悠悠地降落在地上。羽毛姑娘飘荡在空中时，她再次听到了那首歌：

> 天下美人虽有无数，
> 只有一人令我心悦。
> 美若天仙的羽毛姑娘，
> 铅砣王子早已钟情于你。

“真好。爷爷，请您再吹一下！”

老人又朝羽毛姑娘使劲吹了一口，羽毛姑娘飞起来，飘到了天花板下面。

“我好像听到有人在唱歌，孩子，是你唱的吗？”

“爷爷，我也总能听到。不是我，是别人唱的，这歌声总在我耳边萦绕。”

歌声从远方传来，十分美妙动听。羽毛姑娘觉得歌声的主人正在呼唤她。老人吹着气，同时不住地叹息：“好孩子，可怜的孩子，你一定是被诅咒了！”

一天早上，羽毛姑娘睁开眼，发现自己的身体更轻了，仿佛感觉不到自己的存在，她更苦恼了。

“爷爷，您过来吹一口气，看看我是不是更轻了？”

比喻

把姑娘比喻为羽毛，很直观地写出姑娘体态之轻盈。你见过羽毛在空中飘舞又落地的情景吗？看到那样的情景，你有怎样的内心感受？

字词释义

萦绕(yíngrào)：盘旋往复；往复缠绕；比喻声音在什么东西旁边旋转、回复。

但是没人回应她。

“爷爷，快来呀！”

羽毛姑娘很奇怪，疼爱她的爷爷怎么不理她了。于是她来到爷爷床前，才发现这个慈祥的老人已经去世了。

羽毛姑娘悲痛万分，伤心地哭了起来。一连三天三夜，羽毛姑娘都沉浸在悲伤之中，哭个不停。

第四天上午，她想找人帮忙安葬爷爷，但门刚开了一条缝，一阵微风拂来，羽毛姑娘就飘上了天。

风越来越大，羽毛姑娘越升越高，她惊恐地闭紧了双眼。过了好长时间，羽毛姑娘缓缓地睁开眼睛，鼓起勇气向下看了一眼，原来她已经到了数千里的高空中。

她放眼望去，绿色的田野、白练般的溪流、翠色的森林、鳞次栉比的都市建筑、宏伟的教堂，都快速从她身下掠过。人们的屋子则更像孩子玩耍的玩具模型。这场景把羽毛姑娘吓坏了，于是她翻转身体，面向天空闭紧了双眼。羽毛姑娘的秀发又多又长，仿佛一张床垫。于是她枕着自己的头发，随风飘荡。

“羽毛姑娘，不要害怕，我们来帮你了！”

羽毛姑娘睁开眼睛，发现说话的是自己小时候认识的蝴蝶、金龟子和蒲公英。

“羽毛姑娘，你好。是风把我们送过来的。我们陪

点评

读到这里，大家都为羽毛姑娘的命运感到哀伤，本来就生了奇怪的病，现在连相依为命的爷爷也去世了，接下来，她该怎么办呢？

字词释义

鳞次栉(zhì)比：像鱼鳞和梳子齿那样有次序地排列着，多用来形容房屋或船只等排列得很密很整齐。

环境描写、人物描写

上半段是环境描写，后半段是人物描写。大小、点面结合，个体融于美景之中，画面非常生动、优美。

着你，一定会找到救你的方法。”

有了朋友的陪伴，羽毛姑娘不再恐惧了。

“谢谢你们，我的朋友。”此时，她的耳畔又响起了那首歌：

> 天下美人虽有无数，
> 只有一人令我心悦。
> 美若天仙的羽毛姑娘，
> 铅砣王子早已钟情于你。

“是谁在唱歌？”

“今晚我们见到青春女神时，你就会得到答案了。”

羽毛姑娘、蝴蝶、金龟子和蒲公英乘着风继续向前。黄昏时分，他们来到青春女神的家。屋子的窗子开着，于是他们从窗口飞到女神的身旁。女神见到他们，很是高兴。

他们穿过多个房间和一条条走廊，来到了一个精美的梳妆台前。女神从梳妆台上拿起一面铜镜，对羽毛姑娘说：

“你看看镜子里都有些什么。”

羽毛姑娘细细一看，发现这面镜子十分特别，它不像普通镜子一样照出面前人的脸，而是映出一座生机盎

点评

友情的力量真是伟大又神奇。你赞同这样的说法吗？你是怎样看待友情的？你有没有因朋友的帮助而克服困难的情形？

点评

昔日被羽毛姑娘善待的小伙伴，现在都开始回报她了，大家互相帮助，相亲相爱。

然的花园，里面长着许多她不知道名字的花花草草，还有一辆金色马车，里面坐着一位身穿华服、俊美不凡的青年。奇怪的是，这辆马车是由公牛拉的，并且有一千头。这么多公牛拉着青年坐的车，但是还是显得十分吃力。青年正唱着羽毛姑娘经常听见的那首歌：

天下美人虽有无数，
只有一人令我心悦。
美若天仙的羽毛姑娘，
铅砣王子早已钟情于你。

“这个青年就是幸福岛的铅砣王子，”女神告诉羽毛姑娘，“这些天一直通过歌声召唤你的人就是他。王子也受到了诅咒，他中的诅咒和你中的正好相反。王子越来越重了，你看，现在一千头公牛也很难拉得动他。只有得到你的第一个吻后，他的诅咒才能解除，你也才能得救。”

女神话音一落，镜中的景象马上消失了。善良的女神送给羽毛姑娘三颗麦粒。她告诉羽毛姑娘：

“你拿着麦粒，现在就乘风去幸福岛。在路上，你会经过三座古堡，经过每座古堡时，你都要马上扔下一颗麦粒。因为每座古堡里都有一个女妖，她们会使出各

点评

根据我们的常识，镜子应该照出我们的脸，这面镜子里却出现一座花园，真是出人意料。这一情节制造了强烈的戏剧效果，也打开了我们的想象力。

点评

民间故事和童话故事中通常都有神奇的宝物或者法器，这里的宝物是麦粒。

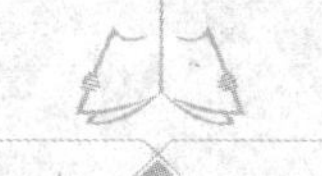

种花招来诱惑你、害你。”

羽毛姑娘与女神告别，然后和伙伴们一起乘风飘出窗外，开始了前往幸福岛的旅程。

黄昏时分，他们飞到第一座古堡的上空。美艳女妖身穿花衣，正在城堡顶部向他们打招呼。羽毛姑娘被女妖的妖术所诱惑，她不由自主地往下降。在古堡的花园里，仿佛有她的亲朋好友的身影。她看到故乡的朋友向她露出了笑容，爷爷也在人群中，正在向她招手。

金龟子见状不妙，马上提醒羽毛姑娘。羽毛姑娘想起青春女神的嘱咐，立即往下面扔了一颗麦粒。于是，那些熟悉的亲朋好友的身影立刻现出原形，变回面目狰狞的妖魔鬼怪。

点评

多亏了好朋友金龟子的提醒，否则羽毛姑娘很可能遭遇不测。所以好朋友的价值就在这里，关键时候会给我们忠告。

羽毛姑娘和伙伴们重新飞回高空。她知道刚才的城堡是“欺骗古堡”，扔下的那颗麦粒名叫“审慎”。

过了两天，他们路过第二座古堡。城堡的墙面上血迹斑斑，钟楼上的女妖身穿绿衣，正在咆哮。各种面目丑陋、骇人至极的怪物正在庭院里徘徊。羽毛姑娘不由得心生恐惧，不由自主地往下降。她吓得赶紧把第二颗麦粒扔下。

字词释义

骇（hài）人：惊人，令人害怕。

麦粒刚落地，金色的光芒顿时笼罩了古堡，女妖和怪物变成了正在向羽毛姑娘挥手致意的普通人。羽毛姑娘重新升到半空，继续乘风飞行。她现在知道刚才的是

“恐怖古堡”，扔下的那颗麦粒名叫“勇气”。

又过了两天，第三座古堡出现在她们面前。这座古堡气势恢宏，价值不凡，竟然是用黄金和宝石砌成的。蓝衣女妖在钟楼上热情地向羽毛姑娘打招呼。羽毛姑娘被女妖的巫术所控制，她被迫往下飞去。快落到地面时，她听见了种种喧闹的声音，有人们的欢笑声，有歌声，还有乐器发出的声音。接着，她看到花园里有许多贵妇和骑士在饮酒作乐。

羽毛姑娘不自觉地被他们吸引，正要落地时，金龟子立刻提醒她小心。羽毛姑娘想起青春女神的告诫，扔下了第三颗麦粒。麦粒刚落地，古堡就现出了原形，变成一个海边岩洞。原来，蓝衣女妖是丑陋的海怪，贵妇和骑士则变成了神色痛苦的乞丐，他们穿着破旧不堪的衣服，正在乱石堆里和荆棘丛中狂奔着逃命。羽毛姑娘急忙返回高空，知道这是“欲望古堡”，而她扔下的麦粒名为“自律”。

她们继续上路。一路上，蝴蝶、金龟子和蒲公英忠诚地陪伴着羽毛姑娘。同时，它们呼朋唤友，邀请遇见的同类加入它们。很快，旅行的队伍越来越庞大，有一万只蝴蝶、一万只金龟子、一万朵蒲公英和羽毛姑娘一起前行。

后来，羽毛姑娘飞到一片一望无际的蓝色海洋上。

字词释义

气势恢宏：气势磅礴，场面大气。

点评

抵制诱惑是很困难但又非常重要的。诱惑下面总是潜藏着危险。

点评

好朋友的队伍越来越壮大，这一切都缘于羽毛姑娘的善良。

这时风力渐渐减弱了，羽毛姑娘的脚已经接触到海面了。她差点掉入海中。幸好有无数蝴蝶和金龟子帮助了她。它们扇动翅膀托起她，羽毛姑娘又向上飞了起来。

经过七天的旅程，在第八天清晨，羽毛姑娘远远地望见了幸福岛，金碧辉煌的高塔和热带乔木映入她的眼帘。

此时，在幸福岛的王宫里，一起严重的塌陷事故发生了。铅砣王子实在太重了，压塌了议事大厅的地板。王子掉了下去，一直不断往地下陷去。王子金发碧眼，身穿高贵的礼服，如神祇般俊美，却是诅咒的受害者，日日夜夜忍受着诅咒的折磨。现在，以王子的重量，就是把全国的公牛都牵来，一起用力拉，也救不了他了。国王把医生、巫师、炼金术士相继召进王宫，让他们想办法救王子。但他们也无可奈何，没办法解除王子受到的诅咒。

铅砣王子不断下沉，如同陷入沼泽一般。但他的歌声一直没有停歇：

天下美人虽有无数，
只有一人令我心悦。
美若天仙的羽毛姑娘，
铅砣王子早已钟情于你。

读书笔记

点评

这一切都烘托出羽毛姑娘之于铅砣王子的重要性。

字词释义

沼泽(zhǎozé)：地表常年过度湿润或有薄层积水的地带，其上主要生长沼生和湿生植物，其下有泥炭形成或发育。

旁边的一个巫师预言，只有某颗吉星出现在天上时，王子才会得救，除此之外，没有别的方法。王后惴惴不安，隔一段时间就向塔楼上夜观天象的占星师大声询问：

“大师，有吉星出现了吗？”

“没有，王后。我只看见一批返航的舰队。”

此时，铅砣王子又往下陷了一寸。

“大师，有吉星出现了吗？”

“没有，只看到一艘从印度回来的商船。”

国王和王后以及王公大臣们越发失望。而此时王子脖子以下的身体已经陷入地下，但他的歌声依然没有停歇：

美若天仙的羽毛姑娘，
铅砣王子早已钟情于你。

突然，占星师传来了好消息：“陛下！正南方天边出现了一颗吉星！”

大家立刻要去窗口看那颗吉星，还没来得及走到窗前，羽毛姑娘和她的伙伴们就从窗口进入王宫，王宫里的人惊讶极了。

字词释义

惴（zhuì）惴不安：形容因害怕或担心而不安。

语言描写

王后不停询问，说明她担心儿子的安危，心里既急切又恐惧。

导读

王子陷入地下，只露出头了，情况越来越危机。歌声再次出现，会召唤来大家期盼的吉星吗？

出现在王宫中的羽毛姑娘，宛若优雅动人的女神。她身上的软缎裙衫是由一万朵蒲公英组成的，她身上的一万颗宝石是由一万只蝴蝶变成的，这使她更加光彩夺目，而那些金龟子则变成了围着羽毛姑娘的无数绿衣书童。

点评

这段描写包括外貌描写和服装描写、细节描写。突出了羽毛姑娘的美丽华贵。

羽毛姑娘给了王子一个吻，吻在他的额头上。王子身上的诅咒终于解除了，他轻松地从地下跳了出来，羽毛姑娘自己身上的怪疾也痊愈了。他们都恢复了正常。

噩梦终于过去了，大家都兴高采烈，欢呼不已，为他们举行了盛大的庆祝宴会。八天后，伐木工的孙女羽毛姑娘与幸福岛的铅砣王子结婚了。

点评

苦尽甘来，结局圆满。这样的幸福，他们值得拥有。

我的笔记

延伸思考

是什么让羽毛姑娘摆脱厄运的？她在与命运抗争的路途中，都得到了谁的帮助？

我的收获

在取得成功的路上，审慎、勇气和自律是非常重要的三种力量，它们让我们考虑周密，遇事勇敢，同时自觉约束自己，从而化险为夷。

佳句欣赏

出现在王宫中的羽毛姑娘，宛若优雅动人的女神。她身上的软缎裙衫是由一万朵蒲公英组成的，她身上的一万颗宝石是由一万只蝴蝶变成的，这使她更加光彩夺目，而那些金龟子则变成了围着羽毛姑娘的无数绿衣书童。

会付钱的帽子

文前小问号

帽子怎么会付钱呢？这顶帽子的主人是不是一个富翁呢？

点评

一开场就出现了矛盾冲突的双方：想以高价卖出奶牛的农夫和想以低价骗取奶牛的闲汉。故事非常好看。

从前有一个农夫，他家中有一头奶牛和一只山羊，可是家里的饲料不足以喂养两只牲畜了，于是他跟妻子商议了一下，决定卖了奶牛。之后，他就牵着奶牛朝集市走去。

路上有三个闲汉碰见了牵着牲口的农夫，他们便商议着欺骗农夫，以低价得到那头奶牛。

当农夫走到十字路口时，第一个闲汉过来和他攀谈："农夫，你这是去哪里呀？为什么还牵着山羊？"

农夫感到莫名其妙，说："你看花眼了，我牵的不是

山羊，这是奶牛。”

闲汉又说：“你说错了，你看，你牵的分明是山羊！哪里是奶牛呀。”说罢，第一个闲汉离开了。

农夫走到下一个拐弯处，第二个闲汉走了过来，他问农夫：“农夫，你这是去哪里呀？为什么还牵着一只瘦弱的山羊？”

“哎呀，”农夫说，“你们怎么回事，都搞错了！刚才也有一个人说我带的是山羊。可它明明是奶牛，哪是什么山羊！”

语言描写

和回答第一个闲汉的问题时相比，农夫的话虽然大体意思差不多，但通过细微的语气，我们可以看出，农夫显然有点不自信了。

“朋友，”第二个闲汉说，“是你弄错了，这就是山羊呀。你看着吧，等你下次牵着你的奶牛时，你就知道你弄错了。”

快走到集市的时候，农夫碰见了第三个闲汉。

“农夫，”第三个闲汉问，“你这是去哪里呀？为什么还牵着一只山羊呀？”

农夫这时也开始怀疑起来：“已经有两个人说这是羊了，你是第三个。好吧，大概是我弄错了。我肯定错把山羊牵出来，而把奶牛留在家里了。”

语言描写

说的人多了，憨厚的农夫不知不觉就掉进了闲汉语言的陷阱。

“没错，”那个闲汉说，“分明是你自己弄不清了，这真的是一只山羊呀，你的奶牛还在家，没有出来。你要去卖这只山羊吗？我倒愿意买。”

“嗯，”他说，“我真是老糊涂了，竟然把山羊牵

出来了，现在只能将错就错把它卖掉。请问你能出多少钱呢？”

字词释义

将错就错：指事情已经做错，就顺着错误继续做下去。

闲汉说，他可以出五枚银币。农夫觉得这个价格还不错，因为对于山羊来说，算是高价，于是答应了。闲汉递给他五枚银币，牵走了奶牛。

成交后，农夫拿着钱回到家里，对妻子说：“太好了，我把咱家的山羊卖了。”

语言描写

妻子的反应非常强烈，用疑问的方式表达了内心的不满与惊讶。

“什么？”妻子说，“怎么回事，咱家的山羊还在家里，你牵出去卖的分明是奶牛啊。”

农夫问妻子：“奶牛？怎么会呢，你肯定弄错了，路上有三个人都说我牵的是山羊。”妻子没办法，把他带到羊圈，让他看看圈里自家的山羊。这时他才恍然大悟，说：

语言描写

至此，农夫终于意识到自己上当受骗了。

“我明白了，原来是那三个人串通好来欺诈的呀，既然这样，我也要戏弄他们一番。”

农夫已经想出了报复的主意。

农夫找到一位好朋友，以自己的房子做抵押，从他那里借来 150 枚银币。然后，他乔装打扮一番，戴着一顶圆帽子来到城里。

他走进一家酒馆，知道这是那些闲汉们喜欢待的地方。他找到酒馆老板，让老板和他合伙做个局。他和老板约定，酒馆提供酒菜，在他问自己需要付多少钱时，

老板要按照约定的内容回答，作为交换，他给了老板 50 枚银币。然后，他又来到另一家酒馆，同样给了这个老板 50 枚银币，嘱咐了同样的话。之后，他又进入第三家酒馆，做了同样的事。

安排妥当后，农夫首先来到第一家酒馆。不一会儿，那三个闲汉也来到这家酒馆。他们都没有认出乔装打扮的农夫，还以为他只是个不相干的陌生人。农夫请闲汉们吃饭喝酒，店老板按照约定端来一桌好酒好菜。最后，农夫问老板需要付多少钱，同时转了转头上的帽子。

店老板按照之前讲好的条件，回答说：

“可以了，已经付清了。”

三个闲汉相互交换了一下眼神，都感到疑惑不解。

农夫听到店老板的回答之后，装作付完钱的样子，从容不迫地离开了。

第二天清晨，农夫再次离开村子，朝着城里出发了。当他赶到城门口时，守门人一副睡眼惺忪的样子，刚巧开了城门。

今天，他进的是第二家酒馆，选了一个绝佳的位置坐了下来。

中午的时候，农夫让人端上好酒好菜。不久，那三个闲汉来了。农夫又邀请他们一起进餐，今天的食物比前一天的更加美味。到了付账的时候，农夫又故意做出

字词释义

乔装打扮：意指进行伪装，隐藏身份。

细节描写

注意此处的细节描写。农夫为什么在付钱时转帽子？你想到了什么？

字词释义

睡眼惺忪（xīng sōng）：睡觉的人刚睡醒，还没有完全清醒。

转帽子的动作，同时问老板该付多少钱。店老板又按照之前的约定，回答说：

“可以了，已经付清了。”

然后，农夫不再言语，离开了酒馆。

三个闲汉对农民的行为捉摸不透，最后他们想出了一个答案：“那人的帽子肯定有魔力。因为农夫碰了帽子，账单就付清了。我们要想办法把它弄到手。我们常常拖欠酒馆的费用，还到处向别人借钱，有了那顶帽子，就没什么好担心的了。”

第三天，农夫再次来到城里。他来到第三家酒馆，一直待到了中午，与那三个闲汉再次相遇。

于是，三个闲汉再次受到邀请。这次的酒菜比前两次更加丰盛可口，他们酒足饭饱之后，农夫又问老板：“这桌酒菜要付多少钱？”同时，他又转了转头上的圆帽子。店老板按照之前的约定，回答说：

“可以了，已经付清了。”

有了三次神奇的经历后，那三个闲汉说想要买下这顶帽子。农夫拒绝了他们，装出非常舍不得的样子，说帽子的价值不是金钱可以衡量的，这顶帽子给了他太多便利，因为无论吃多少美味佳肴，这顶帽子都可以帮他付清。农夫说，不论你点的是牛排、烤鹅、鳕鱼，还是各种佳酿，这顶帽子统统都可以付清账单。

行动描写

农夫设计报复三个闲汉，并没有过多花言巧语，而是做出耐人寻味的举动让三个闲汉猜测，所以他们到最后还深信不疑。

字词释义

佳肴（yáo）：指精美的饭菜和可口的食物，形容食物非常好吃。

佳酿：指的是美酒、名酒。

点评

农夫的拒绝是在做戏，他假装拒绝，实际上是欲擒故纵。

于是三个闲汉更加心动，他们提出了500枚银币的价格。

“不，仅仅用500枚银币就想换走这顶神奇的帽子？”农夫拒绝了。

最后，闲汉们不断加价，加到800枚银币。农夫终于同意了。他把帽子交给闲汉们，接过800枚银币就走了。

回到家里，农夫露出了满意的微笑。他得意地对妻子说：“那三个闲汉以山羊的价格买走了我的奶牛，现在他们又花了800枚银币买走了我的破帽子。”

自以为得到魔法帽子的闲汉们欣喜若狂，他们拿着帽子来到他们与农夫第一次相遇的那家酒馆。

店老板热情地招待了他们，吩咐伙计给他们上好酒好菜，他们三人狼吞虎咽，尽情享用着这顿大餐。

用餐结束后，年纪最大的那位闲汉戴着那顶帽子，兴奋地问：“老板，一共多少钱？”

店老板拿来粉笔，认真算了算，得出一个不菲的价格。帽子根本没发挥半点魔力，闲汉只好把全部酒钱都付了。

第二天，第二个闲汉戴上了那顶帽子，因为他们认为，上次帽子没发挥魔力，也许是因为第一个闲汉转的方式不对。

点评

这一次，农夫以其人之道，还治其人之身，终于赢了三个闲汉。三个闲汉得到了应有的惩罚。

字词释义

不菲（fěi）：非常高，通常用来形容价格。

点评

这三个闲汉被贪欲和爱占便宜蒙蔽了心灵，愚蠢到自欺欺人的地步。

于是，他们三人走进他们与农夫第二次相遇的那家酒店。可是，当第二个闲汉说出“老板，需要多少钱？”时，这位老板也拿着粉笔来给他们算账，饭钱还是从他们口袋里出。

第三个闲汉固执己见，他认为另外两个闲汉都不会转这帽子。

到了第三天，三个闲汉又走进第三家酒店。老板同样热情地招待了他们，摆上了好酒好菜。

在他们吃完饭后，第三个闲汉用力地转动着头上的帽子，把手累得不行。同时他问老板一共多少钱，店老板又仔细地给他们算了酒账，一分钱也没漏掉。

帽子永远不会付钱，可是愚蠢的闲汉一直心存希望，指望有一天能用这帽子大吃一顿。

字词释义

固执己见：坚持自己的意见，不肯改变。

点评

结尾段点题，总结了本故事的思想意义，值得我们深思。

我的笔记

明明帽子不会付钱，为什么那三个闲汉还坚信帽子会付钱呢？

我的收获

关于真相和真理，我们一定要大胆地求证、探索，勇敢坚定地坚持，不要被愚昧蒙蔽了心灵。

走进欧洲，领略异国文化

——读《欧洲民间故事》有感

深圳市福田区实验教育集团侨香学校 五(3)班 朱嘉骏

书仿佛一缕阳光照耀着我，又如和风细雨滋润着我，而古老的民间故事则像磁石一般吸引着我。同中国民间故事一样，欧洲民间也有许多脍炙人口、生动有趣、人物个性鲜明的故事，其中融入了欧洲各国的风俗文化、传统生活习惯等，其深刻的教育意义及历史文化知识，使我受益匪浅。

走进《欧洲民间故事》，可以清晰地了解到东西方的文化差异，但其中也有很多相通的地方。

民间故事的魅力历久弥新，你会发现智慧的火花随处可见，其中我特别喜欢《聪明的男孩》这个故事，文中贪婪的地主总是通过压榨佃农获取财富，当他拿着借据来到佃农家讨债时，男孩巧妙地运用他的聪明才智让地主无法耍赖，主动交还借据，从而解除了佃农家的债务。这个故事告诉我们，聪明与机智是解决问题的关键，只要我们善于运用智慧，就能战胜一切困境，并取得成功。

在《王子的樱桃核》中，傲慢无礼的王子讥笑并用樱桃核射击大红鼻子女巫，结果被女巫施法，身体变得越来越小。受到巫术惩罚的王子深刻地意识到无礼待人的恶果后，他改变态度，并积极寻求女巫的宽恕。故事强调了尊重别人的重要性，同时也教会我们要勇于承认错误，要为自己的行为负责，只有积极改变自己的心态和行为，才能真正解决问题。

《欧洲民间故事》的一个个精美故事汇集了人民群众的智慧与力量，让我领略到欧洲独特的民间文化的同时，也品味到人们的优秀品质，这些经典的故事，犹如一盏盏明灯，温暖、照耀着我的心灵，也为我的成长指引了方向。以后，我也要做一个善良、正直、机智、沉着的少年。

指导老师：冯清

勇敢与智慧的力量

——读《欧洲民间故事》之《聪明的男孩》

深圳市福田区实验教育集团翰林学校 五(6)班 陈梓菁

高尔基曾说："书籍是人类进步的阶梯。"是的，好书就像一位好老师，它可以让你获得知识和道理，《欧洲民间故事》就是这样一本好书。

《欧洲民间故事》中有许多神奇又有趣的故事，比如《聪明的男孩》。在很久以前，有一个贪婪的地主，尽管他十分富有，但他还是想要压榨佃农来获得更多的财富。有一年收成非常不好，一个佃农只好找地主借钱。

约定还款的日期到了，可佃农家还是拿不出钱，于是地主来到这户佃农家讨债。地主问骑在恶狗上的小男孩，他家人都在做什么，小男孩故意话里藏话地回答了一些让地主莫名其妙的话，想要引起地主的好奇心。果不其然，地主中了小男孩的圈套，觉得小男孩在糊弄他。

在争论中，地主答应小男孩如果他能把这些话解释清楚，借据就算作废。小男孩一一拆开了话里的谜团，他还特意强调，他的“保护大腿”意思是在制服那只凶恶的狗，不然它会攻击地主最脆弱的腿。地主知道自己中了小男孩的计，但他害怕小男孩的恶狗，只能让借据作废。

小男孩有着超凡的勇气，他为了保护家人，勇敢地从地主手上拿回了借据。历史上，像小男孩一样勇敢的人还有许多。如古典音乐作曲家张伯伦，他是一位勇于追求梦想的人。他在因家庭贫困无法获得教育时，不顾大家的反对，仍然坚持学习音乐。他凭借自己的勇气和毅力，最终实现了梦想，成了一位伟大的音乐家。在生活中，我们应该学习他们的优秀品格，做一个勇敢、自信、坚强的人。

小男孩运用他的聪明才智，非常镇定地保护了家人。无独有偶，古时候的小朋友曹冲也在大家都没有办法的时候，十分镇定地想到了在船上用石头代替象的重量，通过称石头的重量来称得象的体重的方法。他的沉着冷静和聪明机智也得到了大家的称赞。在生活中，我们应该学习他们的镇定和机智，遇到事情不要紧张，及时思考对策。同时，我们也应该多读书，开阔视野，增强本领。

小男孩利用地主的好奇心，达成了自己的目的。这也让我想到了“望梅止渴”的故事，这个故事里面也是巧妙地利用了人的心理——行军路上，士兵非常饥渴，曹操说对面山上有梅子，大家想到酸甜多汁的青梅，顿时不渴了，又接着翻过了这座山头。只要我们多学习，肯钻研，遇到好奇的事物先思考，一定可以解决问题。

“旧书不厌百回读，熟读深思子自知”，《欧洲民间故事》中蕴含着许多质朴而深厚的道理，是值得细品的好书。

指导老师：张馨丹